朱秀海，当代作家、编剧。1954年8月生于河南鹿邑。满族。1987年毕业于武汉大学中文系。曾任海军政治部创作室主任。一级文学创作。中国作家协会第八、第九届全国委员会委员，军事文学委员会委员。中国笔会中心会员。1978年开始发表作品。1983年7月加入中国作家协会。两次参加边境作战。主要作品：长篇小说《痴情》《穿越死亡》《波涛汹涌》《音乐会》《乔家大院》《天地民心》《赤水河》《客家人》；长篇电视连续剧《乔家大院》《天地民心》《波涛汹涌》《军歌嘹亮》《百姓》（两部）《赤水河》《客家人》；长篇纪实文学《黑的土红的雪》《赤土狂飙》；报告文学《河那边升起一颗星》；中短篇小说集《在密密的森林中》《出征夜》；散文集《行色匆匆》《山在山的深处》；旧体诗集《升虚邑诗存》等。《在密密的森林中》《乔家大院》等被译成英、法、日、韩文介绍到国外或在国外出版，中文繁体字版《乔家大院》《天地民心》在海外出版。曾获全国优秀报告文学奖、中国人民解放军文艺奖（四次）、全国优秀长篇小说奖、全军长篇电视剧金星奖一等奖；中宣部五个一工程奖（两次）、中国电视剧金鹰奖优秀长篇电视剧奖（两次）、中国电视剧飞天奖优秀长篇电视剧奖（三次）、首届首尔国际电视艺术节最佳长篇电视剧奖、第三届电视剧风云盛典最佳编剧奖、中国电视艺术五十周年全国优秀电视剧编剧奖、冯牧文学奖等。长篇小说《音乐会》2015年入选"百种抗战经典图书"。荣立二等功两次、三等功两次、海军通令嘉奖一次。

针灵邑诗存续编

朱秀海 著

中国青年出版社

序

曩在上古,天下为公。井田立而四海均,衣食足而吟声起。风者雅者颂者,咏圣王之丕勋,齐执政之成功,通尧民之幽怀也。故夫子辑三百篇,《关雎》为首,《葛覃》次之。又言:诗可以兴,可以观,可以群,可以怨。是深知诗之为用者之辞也。兴观群怨者,通壅蔽,合万众也。故诗者,知也,通也,和也,合也。

当尧世时,击壤而歌者曰:"日出而作,日入而息,凿井而饮,耕田而食。帝力于我何有哉?"夫歌者岂知帝力者欤?秦汉以降,天下为私。坏井田而行兼并,奉一姓而奴四海。秦并六国,杀人盈城;汉灭楚霸,杀人盈野。刘邦有大风之歌,项羽有垓下之叹。万姓成为刍狗,诗声转为怨怼。秦无诗,汉之《古诗十九首》,私吟也,哀辞也,仁义之心无与,天下之怀不再。王莽篡汉,光武奋起;董卓专权,三国并立。百余年间,人口死亡四分之三,可以有诗乎?至于魏晋,虽前有建安风骨,后有小谢清发,然诗之旨不在幽怨,即在逃隐。厕身庙堂者,有无路之悲;栖心岩穴者,唯山水之好。彭泽挂冠,三径常荒;兰亭修禊,诗酒是务。阮籍求问,但有长啸;嵇康就戕,仅思弹琴。至于范晔才高,就斩南市;潘安貌美,种花河阳。是时之诗,与天下无涉,表一心之私,哀哉痛哉,其旨分也离也,阻也隔也,隐也藏也,距兴观群怨之大旨远矣哉!继之者南北朝,四百年分裂,诗可为其征,亦可窥其因,可痛也夫!

延之圣唐,明主出而天地开,新政演而颂声起。辟雍荐骨梗之士,草野出风雅之才。王杨卢骆,一时称体;李杜元白,万载齐名。青莲咏云想之诗,天下不以为诔;少陵有江头之哀,庙堂不以为忤。浔阳江头,故伎唱长安之词;新丰城内,小儿诵乐天之句。风声雅韵,恣肆汪洋;兴观群怨,云蒸霞蔚。诗之义大哉昌矣!宋元明清,诗虽不逮,其义庶几存焉。

今夕何夕,此年何年。天下熙熙,皆为白话之客;四海攘攘,每见新诗之俊。有升虚邑主者,立于蓬牖茅椽绳床瓦灶之间,而欲为诗,守旧律,用旧韵。且不揣愚陋,一编之余,又成续编。或问曰:子岂有望于列身往圣、垂名不朽乎? 或以为才可接先贤,辞不后时彦乎? 其人赵趄不敢对,良久乃曰:概由生于盛世,命有所属,诗风大昌,兴观群怨,庶有责焉。黄钟大吕之声,千秋万代之名,非不欲也,才或有不逮,然亦不敢妄自菲薄,不起而效尧人击壤之歌也。且寄情格律,含咀英华,可以助清醪,佐兴游,高情致,安远心。夫子曾有论曰:不学诗,无以言。可不勉乎!

是为序。

2017 年早春升虚邑主谨识

目录

001　序

　　诗

　　风（古风韵）
004　拟乐府诗六首
　　　梅花落一首
　　　关山月一首
　　　折杨柳一首
　　　乌夜啼一首
　　　将进酒一首
　　　陇头水一首
007　拟五古二首　短歌行
008　拟古诗十九首并记
　　　行行重行行之一
　　　青青河畔草之二
　　　青青陵上柏之三
　　　今日良宴会之四
　　　西北有高楼之五
　　　涉江采芙蓉之六
　　　明月皎夜光之七
　　　冉冉孤生竹之八
　　　庭中有奇树之九
　　　迢迢牵牛星之十
　　　回车驾言迈之十一
　　　东城高且长之十二
　　　驱车上东门之十三

去者日以疏之十四

生年不满百之十五

凛凛岁云暮之十六

孟冬寒气至之十七

客从远方来之十八

明月何皎皎之十九

017　拟五古一首　怀人

018　拟古风一首　杏树谣

020　拟七古一首　哀街头

022　拟五古一首　打油诗一首戏赠向前兄

024　拟五古一首　甲午闰九月纪事

律（平水韵）

026　五律一首　秋心

027　五律一首　牡丹

028　五律一首　病酒

029　五律一首　清晨趋北林

030　五律一首　冬日杂咏

031　五律一首　初冬城望

032　五律一首　立春后北京始雪越几日又雪不觉手之舞之足之蹈之

033　五律一首　再赴茅台饮酒作歌

034　五律二首　自阿城回京不觉秋至有歌

036　五律三首　感怀

038　五律一首　读明张岱《补孤山种梅叙》并忆江南梅花

040　五律一首　甲午岁末偶题

041　五律一首　清郑珍诗读后

042　五律九首　乙未早春有怀

046　五律一首　读画

047　五律一首　乙未夏日给窗外杏树

048　五律一首　乙未八月观青岛崂山主峰

049　五律二首　乙未冬晓枕上

050　五律一首　立春

051　五律一首　丙申上元节寄兴

052　五律三首　丙申上元节余兴

054　五言排律五首　乙未初秋闲居杂咏

056　七律八首　秋词

059　七律三首　读书

061　七律一首　读杜甫《乾元中寓居同谷县作七首》有感

063　七律一首　闻河南出土中华先人所制骨笛距今已八千年有感

064　七律一首　挽菊

065　七律一首　狂草一通赠友戏题

066　七律一首　读《李商隐诗词全集》

067　七律四首　感时

069　七律一首　读某文革要人晚年遭遇有感

070　七律一首　冬日感事

071　七律一首　初冬车过山海关有感

072　七律一首　绍周以《龙门问佛》诗见赠步其韵而和之（新韵）

073　七律一首　自嘲

074　七律一首　有怀

075　七律一首　甲午元日

076　七律一首　春节夜读有感

077　七律一首　偶读

078　七律一首　和《红楼梦》咏白海棠诗限门盆魂痕昏韵

080　七律十二首　和《红楼梦》菊花诗步其原韵

085　七律三首　和《红楼梦》红梅花诗步其原韵

087　七律二首　甲午春日纪游

088　七律三首　四月二十二日谒南昌八大山人青云谱故居有怀

090　七律一首　春映咿呀学语

091　七律一首　因赏玩赏花只待两三枝之句而有思焉

092　七律八首　嘉峪关怀古

096　七律十六首　甲午夏日闲咏

102　七律一首　夏日暴雨

103　七律五首　读广州十三行旧闻有怀

106　七律九首　因读广州十三行旧闻忆嘉峪关之行兼及林文忠公
　　　　　　　出关事有怀

110　七律一首　符志就先生嘱书因思往事成诗一首

112　七律一首　读史偶感

113　七律一首　夏日感事

114　七律一首　因访阿城思及金末女真遗民滞留豫皖交界地并定
　　　　　　　居至今有歌

116　七律一首　晚秋夜窗听雨

117　七律二首　晚秋杂咏

118　七律四首　南粤纪行

120　七律一首　入潮汕境遥谒韩文公祠思文公香火不盛于中原故
　　　　　　　土而盛于此邦有怀

121　七律六首　岁末杂咏

124　七律一首　为电视剧《客家人》开机赠王焰先生并贺新年

125　七律一首　新年新剧开笔有怀

126　七律一首　西山无雪寻腊梅不遇网上得腊梅图有诗

127　七律一首　张万年上将逝世哀辞

129　七律一首　残冬偶寄

130　七律一首　读清人施补华诗文有怀

132　七律一首　甲午残冬走西山有思

133　七律一首　乙未元日将近偶寄

134　七律一首　乙未春给杏树

135　七律一首　又闻

136　七律一首　卖花

137　七律一首　又读史

138　七律十首　邓华将军赞

144　七律三首　乙未春日杂咏

146　七律二首　乙未晚春有怀

148　七律一首　读《郁达夫诗词全编》

150　七律一首　乙未夏日自况

151　七律一首　赠友

152　七律五首　品鉴岭南之惠州之行兼怀东坡先生

155　七律一首　读《看不见的世界》

156　七律一首　《音乐会》入选"百种抗战经典图书"有怀

157　七律一首　感时

158　七律一首　感时之再

159　七律三首　卧龙岗

161　七律一首　出伏

162　七律一首　大醉作行草赠友并诗一首

163　七律一首　晚秋触事有怀

164　七律一首　读时人论北宋亡国于蔡京经济政策文不禁哀之兼
　　　　　　　　哀著者

165　七律一首　乙未初冬夜有梦晨起有怀

166　七律二首　乙未初冬闲咏

167　七律三首　乙未初冬岭南纪游

169　七律一首　乙未仲冬纪梦

170　七律一首　因闻某剧票房大卖于网上观之有感

171　七律三首　又自嘲

173　七律一首　除夕杂咏

174　七律三首　丙申春节闲咏

绝

178　五绝一首　读《李白集》口占(仄韵)

179　五绝三首　早春绝句

181　五绝一首　晨梦

182　五绝一首　夜有思

183　五绝二首　中秋后小园纪事

184   五绝一首   伶仃洋

185   五绝一首   银川北望

186   五绝九首   乙未夏日偶兴

189   五绝一首   怀远

190   五绝一首   回乡人信

191   七绝五十首   夏思

204   七绝五首   学书绝句

206   七绝一首   夏日晚雨

207   七绝一首   卢沟秋望

208   七绝二首   西山

209   七绝一首   学书又戏题

210   七绝一首   无题

211   七绝一首   寄友

212   七绝一首   京城重霾七日一夕春雨尽洗晨起阳光普照青天如
                        盖有感

213   七绝三首   甲午早春即事

215   七绝一首   八大山人画意

216   七绝一首   暮春纪事

217   七绝一首   赠内

218   七绝一首   赠友

219   七绝一首   读《史记·侠客列传》

220   七绝一首   读罗隐《荆巫》戏笔

221   七绝一首   重读《日瓦戈医生》有感

222   七绝六首   阿城心绪

225   七绝五首   初冬心绪

227   七绝一首   贺《啄木鸟》杂志三十周年

228   七绝二首   为《神箭》杂志三十周年写诗遥想昔年现场目睹东
                        风某型导弹发射有怀

229   七绝一首   乙未春日给窗前杏君

230   七绝十一首   乙未仲春踏青寻花口占

233　七绝一首　乙未春游纪趣

234　七绝一首　给五月杏树

235　七绝一首　夜回战场成短诗一首寄友

236　七绝一首　京城连日大晴

237　七绝一首　世相之一

238　七绝一首　品鉴岭南之吃货口号

239　七绝一首　仲夏偶至京西樱桃园见果尽枝空绿叶蓁蓁自成景
　　　　　　　　色有思口占

240　七绝四首　乙未九月断章

242　七绝一首　梦回战场醒时有忆口占

243　七绝三首　乙未冬末霾中有感

244　七绝六首　试题凌霄花图

词

249　采桑子一首　暮春心绪

250　采桑子一首　杏花

251　鹊桥仙一首　敦煌

252　青玉案一首　长篇小说《客家人》第一部开篇词

253　浣溪沙一首　阿城金源故地

254　水调歌头一首　初秋

255　凤凰台上忆吹箫一首　秋光

257　山亭柳一首　秋思

258　粉蝶儿一首　长篇小说《客家人》第一部卷尾词

259　蝶恋花一首　无题

260　风入松一首　读李贽《焚书·寄答耿大中丞》

261　伴云来一首　旅思

262　翠楼吟一首　秋吟

264　春光好一首　秋情

265　暗香一首　中秋

267　感黄鹂一首　中秋忆

268　朝中措一首　偶兴

269　朝中措一首　月季

270　茶瓶儿一首　秋深

271　洞仙歌一首　晚秋快饮醉中有思

272　东风第一枝一首　秋叶引

274　过秦楼一首　茅台

276　虞美人一首　乙未除夕

277　锦堂春一首　乙未元日有怀

278　长相思慢一首　京城一冬无雪立春后乙未元旦始见大雪不觉
　　　　　　　　喜之至为赋春词一首

280　江城子一首　乙未正月初五游园寻梅不遇见桃李孕苞累累不
　　　　　　　　禁起于春起翘盼之思

281　高阳台一首　元宵

283　采桑子二首　乙未晚秋再访乔家大院

285　醉花阴一首　秋思

286　长相思慢一首　葫芦岛

288　解语花一首　丙申新年将近戏作

290　满江红一首　丙申新年将至有怀

292　庆春泽一首　再读李太白《春夜宴桃李园序》有感因改其辞入
　　　　　　　　词用寄一日之怀

294　**后记**

风

（古风韵）

拟乐府诗六首

梅花落一首

溪畔梅花落，它年复此年。
春风吹渭水，边雪满天山。
蜡玉凝脂影，清波动墨干。
何时平骄虏，捷报过居延。

关山月一首

关山月出时，碎叶大兴师。
料敌流沙外，合围咸海湄。
单于秋马快，汉将鸣镝悲。
一战摧枯朽，回头月色微。

折杨柳一首

岁岁折杨柳，难消戍望愁。

春风经几度，捷报未一酬。

怀子当清夜，登楼动近忧。

君看班定远，一战取封侯。

乌夜啼一首

长安乌夜啼，疏勒万心危。

戍卒千般战，空房十载睽。

驻机祷远月，听雪忆新妻。

来岁乌啼再，良人碎叶西。

将进酒一首

君不见烽火又乱翰海天，铁骑连营出楼兰。

君不见昆仑千丈悬冰雪，兵靴杂踏心魂裂。

太平安逸有几时，一朝闻警军檄移。

人生自古谁无死，宁裹马革葬永祠。

断头何辞万里外，且与青山长偎依。

白登道，青海湾，将进酒，杯莫闲。

身既为戍卒，今日偕子辞乡关。

北风凛冽暮云彤，一赴天山共鬼雄。

偏师方战碎叶前，身后笙歌有红颜。

玉环飞燕皆粪土，无玷我辈舞且鼓。

中华存国五千载，称不朽者卒与伍。

葡萄酒，夜光杯，今朝饮罢何时回？

沙场相视血与骸！

陇头水一首

陇头杀贼血染衣，居延出师水侵肌。

前军已战洮河北，后军接敌金鼓逼。

男儿从来夸轻死，匹马敢夺胡儿旗。

自古战场多白骨，沙流草稀腥风吹。

2015 年 11 月 15 日至 19 日

拟五古二首

短歌行

一

菡萏荣污浊，其心总未染。
奈何霜后木，独为俗疬玷。
世事宁无常，炎消秋露奄。
无人怜落叶，怜之色亦忝。

二

丈夫生尘世，贵有心志坚。
落花常有意，流水不为迁。
一朝随风下，百岁难回辕。
歧路生来多，无情也泪咽。

2015 年 8 月 15 日

拟古诗十九首并记

乙未仲秋，偶检旧箧，得多年前拟古诗十九首之作十首，乃一时之兴，过后辄忘，多年后读之，如见故人。由秋末至冬初，或纪事，或写情，陆续补齐其余九首，庶几可与旧读历代续拟者为貂尾。为之记。

行行重行行之一

行行重行行，吾马已仳颓。
心期万里遥，山路何峻厉。
况复夕照晚，涧涧猿声悲。
黄叶催西风，心与叶俱衰。
年少出乡关，老年仍在驰。
渴饥落崖泉，饥餐草木遗。
颠沛身已废，白发日见稀。
非无回辕想，归路已渺迷。

青青河畔草之二

青青河畔草，磊磊河中石。
非无可思者，旧友日凋析。

当年甘如饴，此日久暌寂。
秋霜变草黄，明年叶重碧。
青春难再有，永恨失同席。

青青陵上柏之三

青青陵上柏，累累南山丘。
与子同少年，结发共远游。
远游何所之，伊河洛水头。
弹琴作浩歌，舞蹈消长愁。
轻言博望志，誓同定远侯。
一朝送君去，别情满归舟。
何期天下士，盛年化虫蝤。
良朋难再得，欲哭叶又秋。

今日良宴会之四

今日良宴会，饮酒弄箜篌。
人生难满百，相识几为俦。
直树招高风，峣枝早历秋。
岩壑可立身？炎冰递为仇。
心自广莫远，根偏难逃尤。
徘徊无所之，静坐听啾啾。
且待秋凉起，爽气遍河洲。

西北有高楼之五

西北有高楼，熠熠承月光。
少壮独慷慨，老来意转凉。
束发提剑去，意不辞国殇。
驱马登远道，朔风以为霜。
践冰复履雪，血心空浩茫。
日月空蹉跎，青丝忽苍苍。
前驱问长路，荆茅满辙行。
夜深仰空宇，星汉正汤汤。

涉江采芙蓉之六

涉江采芙蓉，芙蓉宁可即？
酷夏多飙风，况复生兰国。
岸边盛恶草，水深不可测。
束手回辕去，不如长相忆。

明月皎夜光之七

明月皎夜光，秋影入河济。
枫叶欲降早，栌露湿人衣。
野花应时凋，星星余晚葵。
履霜已近冰，一命欲何之。
韶华宁匆匆，百年实易逝。
少吟行路难，老思振羽飞。

还看严子陵，江边倚钓矶。
身同草木朽，虚名复何追。

冉冉孤生竹之八

冉冉孤生竹，移种西园西。
生长江淮间，岭水有梦思。
北国多酷风，冰雪岁仍欺。
一月梅花开，三月堕冻枝。
四月仍寒凝，六月雨始霏。
七月炎炎蒸，十月霜侵肌。
绿叶何葳蕤，寒暑不为衰。
虚心向广穹，劲节凌云齐。

庭中有奇树之九

庭中有奇树，高杪与云重。
其华不可得，十年见一红。
置琴浓荫下，听弹高山风。
此曲不足重，但感两心通。

迢迢牵牛星之十

迢迢牵牛星，荧荧帝子明。
河汉何辽阔，长离不堪情。

良夜明光下，哀思几年惊。

相知总相违，幽曲无人听。

况复秋风起。寒意满池亭。

回车驾言迈之十一

回车驾言迈，故人何所思。

百年须臾去，况复秋声切。

邙山北望永，洛水西眺迷。

当日为同胞，相顾一戎衣。

卌 [xì] 年再聚会，歌咏看发稀。

却言人长在，岁岁有此时。

（附记：2015 年 10 月 12 日至 13 日，受老班长陈德明之约，步兵 382 团 1 营营部通信班一行十人回老部队团聚。老战友中至有四十余年不见者，然一天之后，气氛和秩序俨然当年。14 日返京，短歌以记之。）

东城高且长之十二

东城高且长，上可扪星辰。

洛川连汜水，落日照孟津。

大河自汤汤，浩漫割广峋。

夷齐今何在，空余扣马村。

当年伐罪者，车马何辚辚。

暴亦可易暴，叵耐后之伦？

血谏一何苦，圣人一何悯！
耻不食周粟，首阳留哀韵。
武王功焉在，朝歌事已尘。
日暮饮烟起，怀子有余因。

驱车上东门之十三

驱车上东门，遥见塬上松。
亭亭如翠盖，参差大道冲。
有言杜工部，长眠松间冢。
生为离乱客，死化湖海虫。
歌起惊风雨，诗成怒蛇龙。
朽骨归桑梓，千载听悲风。
少岁初邂逅，曾惊诗家凶。
今年吾老矣，再拜一念重。
高名何所赐，大贤百年穷！

（附记：杜甫墓位于河南偃师市东郑洛高速路北侧，余少年从戎，与之朝夕相遇，草封藤长，香火冷寂，殊不为怪。此次重谒，萧条如旧，岂文章憎命达之语，千古一谶欤？思之黯然，为之歌。）

去者日以疏之十四

去者日以疏，存者不堪生。
放襟嵩原上，无处遇田横。
驻洛三十里，献头不朝庭。

五百壮士刿，万载撼烈声。

死者何可悲，生者何所荣!

（附记：田横墓在河南省偃师市前杜楼村西侧。40 年前在田畴间偶见之。此次重归故地，不得见，心怅怅然者有日。为之歌。）

生年不满百之十五

生年不满百，已阅几沧桑。

怀忧长自警，伤时感岁枉。

读书凿光下，论道非鹿场。

中年如鸟疾，风烟已满腔。

镔铁皆可朽，何论人命长。

凛凛岁云暮之十六

凛凛岁云暮，劳人又西征。

太行寒露白，大河霜潦青。

野情雨日暗，草色晚来明。

行过王维里，还宿君子庭。

不饮无所欢，会我旧岁朋。

相顾惊问讯，儿女可长成。

饮时一何乐，醉余各心情。

秋意过眼秒，老心盛衰躬。

相约明年会，还期花再荣。

别时两依依，挥手新月生。

（附记：2015 年 10 月 27 日，再赴山西祁县，宿乔家大院民俗博物馆馆长王正前先生之宏晋泰来书苑，与诸老友饮酒欢会，两日后返京，11 月 1 日歌以记之。）

孟冬寒气至之十七

孟冬寒气至，北风过重衣。

霜叶纷落尽，只雁成孤飞。

怀我远行客，关山何迢递。

涉深复履险，宁不畏长归。

南方盛潦水，湘沅连九嶷。

庾岭梅花瘦，罗浮山鬼啼。

行行重行行，天阔旅人稀。

（附记：2015 年 10 月 12 日至 13 日，受老班长之约回老部队团聚。14 日返京后曾有短歌以记之。近日复有老战友提议，明年 7 月以参加增城荔枝节之名赴广东再聚。而此时老战友中仍有人继续访友之行。感岁终将至，思故人之意，为之歌。）

客从远方来之十八

客从远方来，霜林一地金。

枯枝动北风，霖雨连衰音。

初雪与之俱，千里落高岑。

送客临广莫，伫马问天根：

冬意应时重，寒凌万类暗。

如何生长者，复作灭兴吟。
长吁无人应，回坐独抚琴。

明月何皎皎之十九

明月何皎皎，星辰复离离。
况有百年忧，独与孤雁飞。
思来云烟远，望去山水迷。
一身何所之，徘徊明月时。
月明且舞蹈，不思露霑衣。
回首明月下，青山复可期?

2015年9月20日至11月9日

拟五古一首
怀人

吾友，隐其名，高尚士也，早殁，为之哀恸者经年，成诗一首。

芙蓉出水洁，松柏立霜青。
心如皎皎月，名同耿耿星。
出身草野间，守志自贞馨。
情仰先贤祠，足踪前圣庭。
丈夫一世事，立德复立行。
救我桑梓弱，成吾济匡声。
荣我父母光，辉我先人茔。
学问耀瘠壤，才华惊孤茕。
俯首向君子，侧目对狐氓。
举事无遗策，谋劳必有成。
厕躯生死地，冷眼浮沉轻。
大鹏扶摇心，所系在南征。
何期庙堂器，转瞬折长衡。
天犹妒贤杰，长哭入莽荆。

2014 年 4 月 13 日

拟古风一首
杏树谣

　　陋室窗外有红杏，十年相邻，亦老友也。去岁因霾重而至春不华，曾为之歌诗痛哭。今春霾亦重，余疑其亦不华，然竟于某日夜间绽蕾大放，三日内霾又来，且不去，花纷纷落尽，然亦有青果粒粒缀于枝头矣。逮至春末，竟成累累青果。为之悲喜，成诗一首。

　　去年霾重花不发，今岁霾轻花开迟。
　　花开三日霾复归，蕊谢瓣落余空枝。
　　细叶如米出枝头，不见红白见芽猴。
　　百花不理霾尘深，依然次第绽新春。
　　千艳万媚沉雾中，我独为友驻足哭三声。
　　君不见去岁霾重重，暮春已过花不生。
　　无花自然无果孽，不见累累空见叶。
　　今岁又逢霾气深，依然不见嫩果新。
　　草木宁知生世艰，不遣子嗣入霾天！
　　何况我辈万物灵，胡为不思高飘远遁离霾城！
　　连翩春风染春草，星升月落知多少。
　　霾去霾来又暮春，再睹杏棵已成荫。
　　叶丛深深藏新果，青红相间又何多。
　　枝压梢坠满树摇，小者如李大者桃。

吾为此景大惊愕，一时泪飞竟滂沱。

宁为前番风雨众，连绵多日霾散天朗日光盛？

宁为子孙一脉强争急，有霾无霾亦要代代衍生育不息？

霾由人祸降人寰，人孽人还亦自然。

尔为一木竟何辜，吾为杏兄乐复哭！

掩涕默默祷长天，从此劲风万里刻刻过人间，

重重霾尘去不还，人同鸟兽草木尽去愁貌换新颜，

云淡天青歌舞颂恩唱尧年！

2014 年 5 月 5 日

拟七古一首
哀街头

余十年前移居京西，虽曰市廛，其实城乡结合部也。百业杂沓，流民如鲫，世相纷呈。然亦接地气，知民瘼。慕白乐天之心，成诗一首。

莫问家乡一万程，携包背袱到帝京。
鹄立街头涂复抹，男人烤炙女人烹。
山西烧卖安徽饼，四川麻辣福建腥。
兼学蒙古烤肉串，煎饼果子裹酱葱。
城管驱逐市容撵，冬忍冰雪夏忍风。
所幸流民多如鲫，车来车去走如涌。
肚肌难耐香味激，摊前摊后如排鹦。
陕西凉皮随风裹，重庆烫蔬伴沙擎。
三块五块即果腹，又可登车走蹭蹭。
岂不怜惜父母老，焉不惦念儿女声。
五年植树南山上，去岁所植结新橙。
一斤一毛无人顾，山堆河满空自盈。
官说此事可致富，一次贷款五万零。
树无收益田无米，银行催款日日惊。
父患痰疾母病足，儿女学费又加增。
前夏南方多淫雨，老屋倾斜用木撑。

大囡小仔正长大，个个心思考入城。
架屋养老供学子，贫贱夫妇百事窘。
算来困守全无计，闻说城市钱易挣。
船移车载随人至，男无本钱女无容。
觑得街头生意好，也思卖食学谋生。
五更起身三更睡，日日街头沐雨风。
三月已挣一万八，一年算去廿万零。
刨去房租与杂用，仍能净足十万平。
明年再干又十万，十年算来百万翁。
儿婚女嫁修新屋，年迈父母要送终。
万一囡仔高考中，还须余钱供学成。
如此百万仍不足，再干十年差可停。
但愿买卖一直好，可怜身子强似松。
但愿双手不停歇，天天戴月兼披星。
昨夜忽梦家乡事，树倒子病屋又倾，
一恸醒来知无虞，泪水空流到薄明。
今日北方风沙起，人躲楼宇车避亭。
偶闲急电小儿女，不问温饱问课功。

2015 年 4 月 28 日

拟五古一首
打油诗一首戏赠向前兄

　　朱向前君，当代中国文学评论大家，吾三十余年诤友也。退休后归于故土，于古袁州地宜春市秀江风景如画之处置居所，竹木蓊郁，花草丛茂，疑步陶元亮之心而自适于桃花源也。甲午晚春盛情邀余夫妇作客于彼，饮巢家酒，游明月山，泡温汤之泉，有飘然神仙之乐。戏为打油诗一首赠主人并记其事。

袁州员外郎①，心闲身不闲。

结庐秀江浦②，逍遥明月山③。

文承《雕龙》志，书接《兰亭》椽。

平交苏东坡，俯视黄庭坚。

时饮巢家酒④，每泡汤之泉⑤。

借问当涂者，何处是桃源？

2014 年 5 月 11 日

① 今江西省宜春,古袁州地。袁州员外郎,朱向前自号也。
② 即袁水,赣江支流,流经宜春市市区。
③ 明月山,位于赣西中部宜春市中心城西南 15 公里处,主要由太平山、玉京山、老山、仰山等十几座海拔千米以上的山峰组成。主峰太平山, 海拔

1735.6米,因整个山势呈半圆形,恰似半轮明月,故称明月山。明月山融山、石、林、泉、瀑、湖、竹海为一体,集雄、奇、幽、险、秀于一身,是月亮文化、禅宗文化、农耕文化的发祥地。此外,明月山还是佛教发源地之一。中国佛教禅宗的五大宗派之一沩仰宗就发源于此。

④ 巢峰先生,朱向前芳邻,实业家,收藏家。家有好酒,余至,有豪饮之名,于是会饮,大快之,引为同道。

⑤ 温汤,宜春近郊著名温泉疗养胜地。

拟五古一首

甲午闰九月纪事

　　吾孙睿恒，诞降于甲午年闰九月初五日，举家大喜。女孙春映亦诞降于前年(壬辰年)闰四月。思姐弟皆降诞于三年之两闰月中，不觉大奇之，酒后有歌。

三年两闰月，姐弟临吾庭。

龙女春阳降，骏驹秋爽生①。

运奇感佳美，岁好知恩盈。

纵酒散白发，抒我大喜声。

奔走相告语，邻里为吾兴。

舞之复蹈之，乐此双璧莹。

愧无奕世德，承此满堂荣。

晚岁无所有，兢兢谢天青。

2014 年 10 月 30 日

① 吾孙女春映诞于壬辰年,属龙;孙睿恒诞于甲午年,属马,故言。

律（平水韵）

五律一首
秋心

秋心动客思，无奈洛阳城。

野老登临意①，文通赋别情②。

高楼花痛近③，古道草伤明④。

更起暮云晚，歌吹满帝京。

2013 年 11 月 3 日

① 野老,杜甫自称。杜甫《野老》有云:野老篱前江岸回,柴门不正逐江开。
② 文通,即江淹,字文通。江淹《别赋》有云:黯然销魂者,唯别而已矣!
③ 语出杜甫诗《登楼》。原诗云:花近高楼伤客心,万方多难此登临。
④ 语出白居易诗《赋得古原草送别》。原诗云:远芳侵古道,晴翠接荒城。又
　送王孙去,萋萋满别情。

五律一首

牡丹

以我西秦种，遗移雒邑^①丘。

生为金玉质，来共荻芦秋。

根脉宜三水^②，花容绝万俦。

君心如可待，重上圣皇头^③。

2013 年 11 月 3 日

① 雒邑,洛阳古称。

② 三水:黄河、伊水、洛水,古称三水。

③ 圣皇,即武则天。武周时,群臣曾给武则天上尊号为"越古金轮圣神皇帝"。

027

五律一首

病酒

麴糵催人老，流觞厌晏秋。
醉人三两醪，病榻百年愁。
菊陨残阳在，身衰狂意休。
如何听长夜，耿耿共牵牛。

2013 年 11 月 10 日

五律一首

清晨趋北林

清晨趋北林，金色入人心。
箔薄十湍浦，丛遮百恣嵚，
落川平帜草，流水涌旗涔。
更借西风烈，萧萧撼远岑。

2013 年 11 月 11 日

029

五律一首
冬日杂咏

冬至应时正，煌煌仍在榛。

霜霾一夕用，金叶九层匀。

枝阔天空远，眉舒鸢只新。

云殷久不雪，驿外探梅亲。

2013 年 11 月 12 日

五律一首

初冬城望

待雪寒霜过，登楼叶落稀。

天壅云事重，日浅昼光微。

夜早怜菱朽，晨迟感霰霏。

何时一沛泄，万里作花飞。

2013 年 11 月 26 日

五律一首
立春后北京始雪越几日又雪
不觉手之舞之足之蹈之

初降残冬尽，还飘梅乍红。
焉知效舞旋，宁解弄冲风。
噙腊凝青玉，凌红映素穹。
遥看广陌上，春意已融融。

2014 年 2 月 14 日

032

五律一首
再赴茅台饮酒作歌

为电视剧《赤水河》拍摄事再赴茅台,饮醇酒,听侗歌,成诗一首。

一水分黔蜀,双山合益城①。
月因茅酒白,心自侗歌轻。
起舞舒蝉袖,飞花动玉筝。
已知长陌上,满眼是离情。

2014 年 5 月 14 日

① 益城,即茅台镇。茅台古称益镇,又称为益商镇。

五律二首
自阿城回京不觉秋至有歌

余因家世，忝为女真人完颜氏旁裔。2014年8月5日，受阿城市金源博物馆馆长、散文家、当代词人刘学颜先生邀，赴阿城金源故地，瞻彼庭宇，拜谒先灵，触摸历史，寄托幽思。8日回京，次日晨成诗二首。

一

朝辞阿什水①，夕醉帝京厄。
炎褪惊秋至，风清感暑移。
欢颜扶稚子，俯首负身司。
何药祛炎溽，长观摩诘词②。

二

朝辞阿什水，夜梦乳峰山③。
遗苑空禾秀，残基有剑斑。
忆中听羯鼓，望去见晴潺。
恍惚知晨白，长思有怅颜。

2014年8月10日

① 阿什水，即阿什河，松花江南岸支流。位于黑龙江省南部，魏、晋至唐代称"安车骨水"，金称"按出虎水"，1725 年(清雍正三年)改称"阿什河"。"按出虎"，女真语"金子"之意。史称此处为完颜氏女真部发祥之地。

② 摩诘，即唐代诗人王维，王维字摩诘，号摩诘居士。

③ 乳峰山，即阿城松峰山，古称金源乳峰。苍岩险峻，气象巍峨，有早期女真人活动遗迹。

五律三首
感怀

甲午夏日，颇与世接，不免多有感触。后日视之，已为陈迹。然当日之心，犹有可念之者。

一

觅句经年瘁，寻诗几岁忧。

慕陶兼爱菊，仰屈每悲涔。

用我高山意，酬他流水心。

蟪蛄不识雪①，安解《玉壶吟》②。

二

曲高应者寡，叶重露还深。

况遇西风劲，何堪冷气淫。

纵情狂作赋，闭目忍惊心。

默默了今岁，春词正好吟。

三

时序穷淫夏，蛮窗叶落秋。

骎骎音色换，冉冉物华休。

消长随年替，兴衰肆季流。

无端吟《九辩》③，明日再登楼④。

2014 年 8 月 20 日

① 语出庄子《逍遥游》。原文：朝菌不知晦朔，蟪蛄不知春秋。

② 《玉壶吟》，唐李白诗。国内评家称此诗抒写了作者"壮心惜暮年"的心情。

③ 《九辩》，楚辞，后人一般认为是宋玉作品。有句云：悲哉秋之为气也！萧瑟兮草木摇落而变衰。憭[liǎo]栗兮若在远行；登山临水兮送将归。

④ 东汉王粲《登楼赋》有文云：登兹楼以四望兮，聊暇日以销忧。

037

五律一首

读明张岱《补孤山种梅叙》并忆江南梅花

夜读明张岱①《补孤山种梅叙》②，爱而不舍，复诵者四，忆及江南梅花，为之诗。

地与高人共，心同众艳芳③。
幽姿澄水月，洁韵射冬阳。
清浅横疏影，昏黄动暗香④。
谁怜陶忆后⑤，洒雪遍松篁。

2014 年 9 月 22 日

---

① 张岱(1597—1684)，又名维城，字宗子，又字石公，号陶庵、天孙，别号蝶庵居士，晚号六休居士，汉族，山阴(今浙江绍兴)人。明末清初文学家，散文家、史学家。

② 张岱《补孤山种梅叙》原文：盖闻地有高人，品格与山川并重；亭遗古迹，梅花与姓氏俱香。名流虽以代迁，胜事自须人补。在昔西泠逸老，高洁韵同秋水，孤清操比寒梅。疏影横斜，远映西湖清浅；暗香浮动，长陪夜月黄昏。今乃人去山空，依然水流花放。瑶葩洒雪，乱飘冢上苔痕；玉树迷烟，恍堕林间鹤羽。兹来韵友，欲步前贤，补种千梅，重修孤屿。凌寒三友，早连九里松篁；破腊一枝，远谢六桥桃柳。伫想水边半树，点缀冰花；待将雪后横

枝,低昂铁干。美人来自林下,高士卧于山中。白石苍崖,拟筑草亭招放鹤;浓山淡水,闲锄明月种梅花。有志竟成,无约不践。将与罗浮争艳,还期庾岭分香。实为林处士之功臣,亦是苏长公之胜友。吾辈常劳梦想,应有宿缘。哦曲江诗(曲江张九龄有《庭梅吟》),便见孤芳风韵;读广平赋,尚思铁石心肠。共策灞水之驴,且向断桥踏雪;遥瞻漆园之蝶,群来林墓寻梅。莫负佳期,用追芳躅。

③ 语出明初诗人高启《咏梅》九首之一。原诗云:雪满山中高士卧,月明林下美人来。

④ 语出北宋诗人林逋诗《山园小梅》,原诗云:疏影横斜水清浅,暗香浮动月黄昏。

⑤ 陶忆,即张岱。张岱号陶庵,《陶庵梦忆》是其代表作。

五律一首
甲午岁末偶题

劫腊初寒过，趋园一望空。
篱枯从土色，林瘦壮风功。
天迫流霞阔，心遥逝水东。
百年如箭去，几遇腊梅红?

2015 年 1 月 4 日

五律一首
清郑珍^①诗读后

为朋友邀，赴贵州遵义，参观沙难文化，得读晚清大儒郑珍诗及一生行迹，不胜仰慕之情，以为有圣人风。成诗一首。

击壤兵凶月，弦歌馑乱年。

短吟明洁性，长哭痛荒廛。

积学先成哲，巢经早志贤。

不闻工部^②句，诗圣在黔天。

2015 年 1 月 20 日

① 郑珍(1806—1864)，字子尹，晚号柴翁，别号子午山孩、五尺道人、且同亭长，贵州遵义人。道光十七年举人，选荔波县训导，咸丰间告归。治经学、小学，工书画，晚清宋诗派作家，其诗风格奇崛，时伤艰涩，与独山莫友芝并称"西南巨儒"。所著有《仪礼私笺》《说文逸字》《说文新附考》《巢经巢经说》《郑学录》等。
② 工部，即杜甫，曾任检校工部员外郎，故后人称其为杜工部。

五律九首

乙未早春有怀

　　乙未早春，卸去冗杂，回归本我，有陶渊明归去来兮之情。又逢春风拂面，新花渐繁，大快意间，成诗九首。

一

长恋青山静，轻屏绿水喧。
无心登畏岫，有思出重藩。
返照怜桃李，移声效鹤鹓①。
风尘安识意，久在白云原。

二

但为流水意，时被落花惊。
鸟噪空萦耳，风鸣忍引睛。
凡声今世厌，俗剧他心盈。
宁不思巢许②，移车近旷清。

三

嘉气方滂沛，郊林夜渐青。
欢欣逃旧网，舞蹈上高陉。
遥目花遮柳，舒怀鸟乱亭。
余生三万日，日日享春馨。

四

久抱箕山志，何须颍水阴③。
有茨皆茂草，是竹即丰林。
长啸惊飞羽，高吟动跃浔。
赋词随远笛，弄彩染霜襟。

五

渴近罗浮艳，思亲庾岭香④。
忽惊杨絮坠，乍识柳丝黄。
春已江南阔，风仍蓟北凉。
坐闲吟大野，渐觉入苍茫。

六

未知春气暖，唯觉去衣频。
近水层沦澈，登高旷野新。

枯林仍黯黯，红蕾已鳞鳞。
危立怀时递，山山啭鹧唇。

七

欲寻春色重，盘旋上重峦。
败壁藏荒寺，孤村走野獾。
岭皴崖鸟瘦，冰蹙腊梅寒。
怅望云开处，霞光照隐湍。

八

已惯长林暗，何期独杏红。
三冬寒问久，半夕艳萌匆。
黄草群园老，彤云一树隆。
披襟歌底事，春意正融融。

九

好音红下响，澄水绿间亲。
草翠晨光沛，风香岭色真。
断桥斜柳岸，暖日碧溪滨。
试问逃秦者，花开又几春？

2015 年 3 月 4 日至 24 日

① 杜牧诗《鹤》云:清音迎晓月,愁思立寒蒲。丹顶西施颊,霜毛四皓须。碧云行止躁,白鹭性灵粗。终日无群伴,溪边吊影孤。又《庄子·秋水》有云:惠子相梁,庄子往见之,或谓惠子曰:"庄子来,欲待子相。"于是惠子恐,搜于国中,三日三夜,庄子往见之,曰:"南方有鸟,其名鹓鶵,子知之乎?夫鹓鶵发于南海而飞于北海,非梧桐不止,非练实不食,非醴泉不饮,于是鸱得腐鼠,鹓鶵过之,仰而视之曰:'吓!'今子欲以子之梁国吓我邪?"慕其意而用之。

② 巢许,巢父和许由的并称。晋皇甫谧《高士传》载:尧让天下于许由,许由不受而逃去,于是遁耕于中岳,颍水之阳,箕山之下。尧又召为九州长,由不欲闻也,洗耳于颍水滨。时其友巢父牵犊欲饮之,见由洗耳。问其故。对曰:"尧欲召我为九州长,恶闻其声,是故洗耳。"巢父曰:"子若处高岸深谷,谁能见之?子故浮游,欲闻求其名声,污吾犊口!"牵犊上流饮之。

③ 箕山、颍水,巢父和许由隐居之地。

④ 罗浮艳、庾岭香,皆为古人对梅花的别称。罗浮山和大庾岭皆盛产梅花,故有此称。

五律一首
读画

乙未晚春读友人新作春耕图，有乍入桃源之快，成诗一首。

芳菲流欲尽，春意入深明。
熠熠晨光紫，煌煌暮色清。
汲泉湮早圃，烧竹饷新耕。
又过桃源境，俚歌颂岁平。

2015 年 4 月 23 日

五律一首
乙未夏日给窗外杏树

　　匆匆又是 5 月，春天少霾，窗外杏树花繁且花期长，未期转瞬已硕果累累，枝枝沉沉欲堕，日光下红遍枝桠，望之陶醉。想连年相望，已有脉脉之情。成诗一首。

方见芳英坠，还看硕果红。
森森舒碧眼，累累溢香风。
绿重时凝睇，帘深总感衷。
知心多少事，都在此瞳中。

2015 年 6 月 5 日

五律一首
乙未八月观青岛崂山主峰

名山藏世外，曲路入重巉。
蜃气遮云岭，晴光耀海帆。
鸟音空噪哑，渔唱和腥咸。
驻车山中寺，悠然见巨嵌。

2015 年 8 月 31 日

五律二首

乙未冬晓枕上

一

夜长醒易早，久卧入无涯。
蛰事冬时静，空音冻晓赊。
囊诗轻李鬼，床籍过杨家。
意动心何逸，寒梅未著花。

二

从来慷慨士，非为己吟诗。
世路何艰促，吾身独仳离。
豆萁焚煮日，骨肉死生时。
哀痛充胸臆，无干律与词。

2015 年 12 月 16 日

五律一首
立春

久畏寒侵骨，初惊暖近腮。

柳丝青未著，梅雪白还堆。

冻气关山涌，玉龙野渡摧。

不知春又至，已觉此心开。

2016 年 2 月 4 日

五律一首
丙申上元节寄兴

雨水初沾溉，冰风始解渊。
寒仍多怨柳，青薄待成烟。
年步元宵尽，春声社火先。
爷孙欣底事，囊有买灯钱。

2016 年 2 月 22 日

丙申上元节余兴

一

冰化残凌在，阳升柳线黄。
气清杨子舍，雨润相如堂。
怯墨逃寒砚，瞭青畏大荒。
负暄真快事，况有燕新翔。

二

寥寥兼寂寂，日日一床书。
谢客耽山水，渊明习钓锄。
尘心长缈厄，天道自玄舒。
吾等何人尔，拘拘恋世除。

三

泥涂长曳尾，微志在岩斜。

望岳烟林渡，餐霞镜月家。

三春何有物，一季独怜花。

染翰开阳景，空山急采茶。

2016 年 2 月 23 日

五言排律五首

乙未初秋闲居杂咏

一

城隐来山意，檐屏去雁声。
衾凉知雨疾，楹阔觑天清。
落紫几层薄，流红众脉盈。
临池频画菊，当圃类逃名。
人事千古假，尘心一笠平。

二

六十人初老，三千鸟始征。
春秋恒代谢，草木替枯荣。
衰弱为恩报，僵强寄祸萌。
刈吾争逆意，成彼化兴名。
默默听流水，殷殷别落英。

三

周曰安时处，聃称守静行。
化施驰大象，运造演恒成。
似我焉为我，如卿宁是卿。
桃源尘隙见，陶圃唾边生。
水鹨谙归木，山鹄识去程。

四

尝抱殷勤意，先成傥荡秋。
听言轻一死，仰酒起重仇。
嫉恶空廉士，疑明藐上流。
中年稍读易，再甲始登楼。
白首怀余愧，长歌有永羞。

五

浮尘思外静，梦境望中非。
畅意听新燕，薄情对早薇。
心澄魂有忘，虑寂念无机。
消息先正意，修承用不违。
雄关垂老在，大道暮年归。

2015年9月25至28日

七律八首
秋词

癸巳深秋，诸事繁冗，欲自释，断续成秋词八首。

秋望

城外烟云陌上旌，人生几度识秋清。

一行去雁鸣丛薄，十面飘红堕槛楹。

山路九重接瑗水，天涯万里望霞晴。

渺茫心事说不得，自放孤村听仄声。

秋恨

黄花丹叶满西天，何处秋情不黯然。

倦眼看怜金飓疾，华年叠迫众生遄。

花香宋句转霜疠①，水暖苏江见雁迁②。

易痛古今零落事，乱红急堕又翩翩。

056

秋怨

秋声簌嗅晚来嘶，嗦嗦淅淅过深栖。
屈髀倚栏思每断，挑灯觅句诵还泥。
冯唐骚屑吹心老③，杜甫萧森望路迷④。
岂是白头情不惬，伤秋百岁又凄凄。

感秋

剥啄风来冽气盈，寒临谁解一螀鸣。
诗窗劲击惜兰韵，书箧轻逻感菊清。
晓奏庭枝空袅袅，夜听檐马又铮铮。
长空怅望空如洗，胡为秋深日日晴？

秋愿

秋望何时不动情，万般萧杀尽哀声。
叶飏丛莽山山乱，羽翯云天雁雁行。
泠雨凛霜浸股骨，凄风朔气染昏明。
一辞菊友浑无赖，坐待梅花绽雪盈。

探秋

探秋不合暮时身，自古秋声可杀人。
似箭霜林鸣乱叶，如伤衰蓼卧残津。

无寻芳草绿仍重，有觅天涯红宁新。

幸有东篱一艳在，悄然独绽慰诗巾。

惜秋

惜秋宜上古城巅，满目斑斓不胜怜。

艳媲春花没薄莽，飞同林鹊过穹天。

一泓碧空接青溟，数峙云峰绕蜃烟。

无那一朝风共雨，霜天万类忆中看。

晚秋

山枯水瘦见秋心，叵耐诗魔十月侵。

踏径寻芳空瀁草，循溪探岫见孤嵚。

云霆雪积冬时近，日晚寒临朔气森。

收拾心情掩户坐，菊香尚在自沉吟。

2013 年 10 月 20 日至 11 月 2 日

① 语出宋代诗人蔡襄诗。原诗云："桥畔垂杨下碧溪，君家元在北桥西。来时不似人间世，日暖花香山鸟啼。"

② 语出苏东坡诗《惠崇春江晚景》之一。原诗云："竹外桃花三两枝，春江水暖鸭先知。蒌蒿满地芦芽短，正是河豚欲上时。"

③ 语出王勃《滕王阁序》："冯唐易老，李广难封。"骚屑，秋风之声。

④ 语出唐代杜甫《秋兴八首·其一》。原诗云："玉露凋伤枫树林，巫山巫峡气萧森。江间波浪兼天涌，塞上风云接地阴。丛菊两开他日泪，孤舟一系故园心。寒衣处处催刀尺，白帝城高急暮砧。"

七律三首

读书

癸巳深秋，频读书，时有感触，断续成诗三首，非为一时一事也。

一

一觇尘网一心惊，蕙阵兰丛掩箭兵。
骥骐始飞横罟陷，鹄鸿欲逝上弓缨。
书生情绪盛狷介，魑魅心机窥翳晴。
读尽炎凉知况味，菜根慢嚼说吞声。

二

靧颜妙岁嫁君亲，厕立名楼见丽人。
惭喜小家飞彩凤，长夸碧玉结华绅。
渐呈僻巷愚和陋，稍纵娇胎顽复瞋。
一日风尘起不预，恨听浮浪笑嘘频。

三

长恨汗青诬美娟，又看祸水误翩翩。
宁贪蝇首伤能吏，忍死猾奴殃诜肩。
褒拟眉开倾国计，妲己颜笑覆巢鸢。
锒铛一梦空萧瑟，留与伶人付管弦。

2013 年 10 月 20 日

七律一首

读杜甫《乾元中寓居同谷县作七首》①有感

　　癸巳初冬，读杜少陵《乾元中寓居同谷县作七首》，不觉流涕，意不惬者竟日。成诗一首。

旷古文章空自夸，男儿无禄不堪家。
寒山执镵觅精块②，枵腹椎心救饿呱。
朱户犬鹰厌酒肉，穷儒妻子侈烟霞。
悲歌七阕声声恸，天地无言噪晚鸦。

2013 年 10 月 30 日

---

①　杜甫诗《乾元中寓居同谷县作歌七首》原文：(一)有客有客字子美，白头乱发垂过耳。岁拾橡栗随狙公，天寒日暮山谷里。中原无书归不得，手脚冻皴皮肉死。呜呼一歌兮歌已哀，悲风为我从天来。(二)长镵长镵白木柄，我生托子以为命。黄精无苗山雪盛，短衣数挽不掩胫。此时与子空归来，男呻女吟四壁静。呜呼二歌兮歌始放，邻里为我色惆怅。(三)有弟有弟在远方，三人各瘦何人强。生别展转不相见，胡尘暗天道路长。东飞鸳鹅后鹙鶬，安得送我置汝旁。呜呼三歌兮歌三发，汝归何处收兄骨。(四)有妹有妹在钟离，良人早殁诸孤痴。长淮浪高蛟龙怒，十年不见来何时。扁舟欲往箭满眼，杳杳南国多旌旗。呜呼四歌兮歌四奏，林猿为我啼清昼。(五)四山多风溪水急，寒雨飒飒枯树湿。荒蒿古城云

061

不开,白狐跳梁黄狐立。我生何为在穷谷,中夜起坐万感集。呜呼五歌兮歌正长,魂招不来归故乡。(六)南有龙兮在山湫,古木巃嵸枝相樛。木叶黄落龙正蛰,蝮蛇东来水上游。我行怪此安敢出,拔剑欲斩且复休。呜呼六歌兮歌思迟,溪壑为我回春姿。(七)男儿生不成名身已老,三年饥走荒山道。长安卿相多少年,富贵应须致身早。山中儒生旧相识,但话宿昔伤怀抱。呜呼七歌兮悄终曲,仰视皇天白日速。

② 镵,音蝉,锄类。精块,即黄精根茎,可以充饥。

七律一首

闻河南出土中华先人所制骨笛距今
已八千年有感

报载：1987 年河南省考古专家在该省舞阳贾湖新石器时代早期遗址墓葬中发现骨笛十多件，正面钻七音孔，形制固定，制作规范，其中一件经试吹得知其已具音阶结构。专家以为，我国五声音阶远在八千年前就已形成。不觉浮想联翩，成诗一首。

亿万斯年此物开，玉唇吹出玉蟾台。

鹤腓鹄胫轻斫取，吕调宫阶自度裁。

凿孔试音听燕喙，任情吐愫效莺腮。

声声籤庆不成曲，也唤娉婷踏月来。

2013 年 11 月 3 日

七律一首

挽菊

一杯浊酒奠秋曛，未闭西园已驻耘。
风摘陶篱叶一片，露遮坡径影三分。
霜根留圃春心蹙，金瓣盈盆秋梦殷。
回目不看芳魄瘦，清香一缕正氤氲。

2013 年 11 月 4 日

七律一首
狂草一通赠友戏题

有朋自远方来，索字，书狂草一幅赠之，意犹未尽，成诗一首以记其事。

秀才物事见狂猖，半幅淋漓墨尚香。
一世孤清等李密，三生狷介愧嵇康。
冷书冰砚痴愚事，古曲荒声铁石肠。
仍羡东篱采菊者，秋风岁岁洗心霜。

2013 年 11 月 5 日

065

七律一首
读《李商隐诗词全集》

连日读李义山诗，意旨幽远，辞藻奇美，诚深雕细琢呕心沥血之作也，然殊不快，累日不解。岂义山诗悲深怨重致其然耶？成诗一首以纪其事。

撒玉抛珠羞自夸，锦心何事到天涯。
绣肠有意逐流水，冷眼无情恋落霞。
魂散桂堂嗟彩凤①，命沮边郡对残葭。
一生忧愤空辜负，忍看吟窗天雨花。

2013 年 11 月 7 日

① 李商隐有诗《无题》云：昨夜星辰昨夜风，画楼西畔桂堂东。身无彩凤双飞翼，心有灵犀一点通。隔座送钩春酒暖，分曹射覆蜡灯红。嗟余听鼓应官去，走马兰台类转蓬。

七律四首
感时

癸巳末，有感时诗四首，非成于一日，亦非干于时。姑存之，待有识者笑之。

一

走马兰台似转旌，公车又上万言鸣。
贾生年少偏砥砺，晁令文夸自废更。
戍卒掘鱼八苦备，亭长斩蛇五去成①。
储胥信有老成在，勿使洪杨浪得名。(蛇去自救)

二

霜风秋意过神州，峻法惩荒有善猷。
先圣德言悬日月，西夷利化见娄仇。
肇兴大国如鲜炙，任欲甿民似水流。
义利古来须慎辩，勿趋北辙赴南沟。

2013 年 11 月 8 日

三

也曾倾国慕荣声，拜相升龙领重名。

林下梅前已友鹤，矶边钓后复闻缨。

城狐社鼠空娄聚，堤蚁槐蜉自毁盈。

天若有情天应老，又驱衮衮赴秦城。

2013 年 12 月 3 日

四

吴戈犀甲用谋强，短刃初呈惊万方。

六合新成四战地，五洲翻作八荒乡。

七雄惟政成奇业，千古凭刘靖远疆。

天下滔滔多少事，剑锋谁试十年霜？

2013 年 11 月 6 日至 12 月 5 日

① 八苦、五去，语出唐懿宗翰林学士刘允章《直谏书》。"今天下苍生，凡有八苦，陛下知之乎？官吏苛刻，一苦也。私债征夺，二苦也。赋税繁多，三苦也。所由乞敛，四苦也。替逃人差科，五苦也。冤不得理，屈不得伸，六苦也。冻无衣，饥无食，七苦也。病不得医，死不得葬，八苦也。仍有五去，势力侵夺，一去也。奸吏隐欺，二去也。破丁作兵，三去也。降人为客，四去也。避役出家，五去也。人有五去而无一归，有八苦而无一乐，国有九破而无一成。"

七律一首
读某文革要人晚年遭遇有感

　　于网上读某闻人之子所书其父晚年狱中遭遇与心迹，为之欷歔叹惋者良久。成诗一首。

图圄残年任水流，悲欢一世上心头。
长怀边郡共粗馔，难忆神京赞畏谋。
朝客暮囚方朔事，昨田今海汉宫秋。
文臣百代皆卑屈，哭向幽冥痛未休。

2013 年 11 月 19 日

七律一首
冬日感事

天意何曾废嬗更，冬云漠漠又乘城。
尽销锦绣菊魂瘦，悄发枯孤梅眼萌。
冰重竹兰须谔谔，寒凝松柏宁铮铮。
若为底事情难惬，昨夜西风又过楹。

2013 年 11 月 19 日

七律一首
初冬车过山海关有感

初冬因事赴东北某地，车过山海关，思古今事，成诗一首。

长城冬望又经年，山海匆匆走几巅。
松峙昊空折雁翼，岛凌苍溟触鲸渊。
燕群东去泄辽水，铁锁西来局角阡。
自古神州生死地，烽烟代代过宫天。

2013 年 11 月 25 日

七律一首

绍周以《龙门问佛》①诗
见赠步其韵而和之（新韵）

李绍周，河南洛阳人。吾友也。当代画家，亦善诗。与余时有赠和。因余亦有洛阳之经历，近日以《龙门问佛》一诗见赠，用新韵，奉其韵而和之。

龙门问佛笑如来，天地茫茫几霭埃。

秋润香山浮道气，水醺伊阙和禅怀。

轘辕南上鸟鸣涧，嵩岳东危日映台。

秦社晋村休相问，桃花流水自徘徊。

2013 年 12 月 2 日

① 绍周原诗云："问佛我自何处来？大千世界一微埃。浮生偶得小惬意，秋光渐损休伤怀。且拈雄心下老酒，常揣逸兴登高台。缘起缘灭恍如梦，红尘万丈独徘徊。"（新韵）

七律一首
自嘲

人宁可不有自嘲之心乎？人宁可不有自嘲之行乎？圣人言吾日三省吾身，即其意也。癸巳年将近，可自省者非一，成诗一首以自哂。

与时俯仰任浮生，也串词文诳世名。
身寄沧溟萍泛地，魂存圹垠蝶翔坪。
常怀竹意惟长直，每羡莲心自洁清。
又是一年飞雪近，梅枝漫倚待诗情。

2013 年 12 月 3 日

七律一首
有怀

甲午年近，余将满一甲子。六十之人，一老翁也，常自警，亦自励，然亦常自嘲，以为少年之心仍在，不识庄子安时顺变之意。成诗一首。

岁临花甲个成仙，拂尽浮云看远川。
秋气连空无限碧，红林遮岫几重妍。
长风欺梦时携雨，狂意随情每入弦。
一曲筝停听袅袅，吟眸犹自在长天。

2014 年 1 月 23 日

七律一首
甲午元日

甲午元日，此六十之端也，不可无诗。成诗一首以纪之。

聊绾东风候吉时，五更听彻颂春词。
寒塬无觅残冬雪，暖户偏萌新萼枝。
绕膝樽边稚子语，寻书砚畔去年诗。
良辰一岁又经过，也有沉吟在缓卮。

2014 年 1 月 31 日甲午元日

七律一首
春节夜读有感

　　春节不可读书，读书则有所思。老子云绝圣弃智，又云天下皆知美之为美，斯恶已。皆知善之为善，斯不善已。此之谓欤？

岁深辄痛晚思侵，岂有斯文用古今？
芒砀斩蛇三尺剑，咸阳虣戚一孀心。
尼山高论教仁义，盗跖横行运斧金。
一世蟪蛄不识雪，也标高洁费哦吟。

2014 年 2 月 1 日

七律一首
偶读

网上偶读两去世文人之门人仍就其二人师生前是非争论不休，油然生悲，成诗一首。

死去何须再论申，审心谁复是完人。
舍生趋义圣贤事，避害逃诛蝼蚁身。
大誉煌煌等日月，小知数数过昏晨①。
同途同命还同朽，一样枯坟两泪颦。

2014年2月2日

---

① 大誉,语出《淮南子·氾论训》:"人有厚德,无问其小节;而有大誉,无疵其小故。"小知,语出《庄子·逍遥游》:"小知不及大知,小年不及大年。"数数,犹汲汲。迫切貌。语出同上:"彼其於世,未数数然也。"陆德明释文:"司马云'犹汲汲也。'崔云'迫促意也'"。

七律一首

和《红楼梦》咏白海棠诗①
限门盆魂痕昏韵

又读《红楼梦》，爱其咏白海棠诗六首，试和之。

雪貌冰姿绽画门，羽裳鹤骨满苔盆。

天涯有信难为约，海角无槎空寄魂。

心任娇强争鬓影，态随流幻见啼痕。

可怜岁岁春风里，欲诉弦丝日已昏。

2014年3月9日

---

① 《红楼梦》咏白海棠诗六首原诗：斜阳寒草带重门，苔翠盈铺雨后盆。玉是精神难比洁，雪为肌骨易销魂。芳心一点娇无力，倩影三更月有痕。莫谓缟仙能羽化，多情伴我咏黄昏。（贾探春）珍重芳姿昼掩门，自携手瓮灌苔盆。胭脂洗出秋阶影，冰雪招来露砌魂。淡极始知花更艳，愁多焉得玉无痕。欲偿白帝凭清洁，不语婷婷日又昏。（薛宝钗）秋容浅淡映重门，七节攒成雪满盆。出浴太真冰作影，捧心西子玉为魂。晓风不散愁千点，宿雨还添泪一痕。独倚画栏如有意，清砧怨笛送黄昏。（贾宝玉）半卷湘帘半掩门，碾冰为土玉为盆。偷得梨蕊三分白，借得梅花一缕魂。月窟仙人缝缟袂，秋闺怨女拭啼痕。娇羞默默同谁诉，倦倚西风夜已昏。（林黛玉）神仙昨日降都门，种得蓝田玉一盆。自是霜娥偏爱冷，非关倩女亦离魂。秋阴捧出何方雪，雨渍添来隔宿痕。却喜诗人吟

078

不倦,岂令寂寞度朝昏。蘅芷阶通萝薜门,也宜墙角也宜盆。花因喜洁难寻偶,人为悲秋易断魂。玉烛滴干风里泪,晶帘隔破月中痕。幽情欲向嫦娥诉,无奈虚廊夜色昏。（史湘云二首）

七律十二首
和《红楼梦》菊花诗①步其原韵

和《红楼梦》咏白海棠诗，不能已，续和其菊花诗十二首，亦一快也。

忆菊

忍尽春寒有病思，南山九月雁还时。
徘徊旧圃心先梦，舞蹈新篱香自知。
三径归来尘已远，一枝独对性偏痴。
陶潜莫谓风流去，姹紫嫣红待后期。

种菊

春霖一夕挟声来，晨起东篱次第栽。
苗稚畏寒心尚闭，叶新知暖眼初开。
曾邀靖节诗千首，好共三闾酒一杯。
日暮且同影共舞，天清意朗绝尘埃。

供菊

自挈自供自为俦，花自娉婷影自幽。
茎带新泥初夜露，蕊函残照一年秋。
娇情宁伴三闾怨，高节曾从五柳游。
回首再怜香袅袅，斜阳浊酒漫淹留。

画菊

催毫泼墨兴何狂，铁脉金丝费酌量。
蕊绽秋风偏爱雨，瓣函夕照每噙霜。
敞襟南野土应苦，披发东篱魂自香。
趁酒且涂花万亿，残畦衰圃慰斜阳。

簪菊

风癫柳醉意何忙，归去方惊镜里妆。
满首金馨对蝶醒，通身香乱引蜂狂。
东园坐忘琴中友，南亩吟沾叶下霜。
寻遍桃源何处是，竹边松下菊花旁。

菊梦

篱畔畦边一梦清，雾裙云髻半分明。
回旋香袂因风舞，动静环瑶伴鹤鸣。

转眄用申神女约，流精当证洛滨盟。
仙音欲接还惊起，月叶流光满离情。

访菊

红叶西风忆旧游，芒鞋藜杖忍淹留。
未知彭泽归来愿，宁解三闾逐去愁。
丛重菡深香袅袅，鸟啼日暖兴悠悠。
白头又见秋光好，碧水黄花到涧头。

对菊

满圃煌煌色比金，对君谁比我情深。
披星沾露对香饮，戴月凌霜向美吟。
和靖梅妻怜艳质，钟期琴绝报知音。
乱红如雨潇潇下，歌啸还须惜寸阴。

咏菊

漫漫西风迟暮侵，残阳无限遍螀音。
花为国色偏宜墨，香发仙株忽助吟。
旷世风华出野圃，凌云远志诉霜心。
高情谁与屈陶共，彭泽沅湘说到今。

问菊

松下兰边谁解知，狂痴默默问东篱。

避尘何放九嶷远，远俗还滋十月迟？

楚客餐英为底痛，晋人饮酒是何思？

年年开落寒霜下，也有高吟在醒时？

菊影

秋深三径雨重重，败叶残棵弥望中。

身系埂畦心坎壈，魂牵霜露影玲珑。

花因时落香先淡，人囿愁思梦屡空。

今夜怜君同我瘦，风中月下自朦胧。

残菊

人同山倒菊倾欹，又是秋深忍别时。

我避嚎啕意酩酊，汝知伤惨叶离披。

回眸宁痛会心浅，长望方知来日迟。

露叶霜风又一度，已怜雪后是相思。

2014 年 3 月 10 日至 16 日

① 《红楼梦》菊花诗十二首原诗:(忆菊)怅望西风抱闷思,蓼红苇白断肠时。

空篱旧圃秋无迹,瘦月清霜梦有知。念念心随归雁远,寥寥坐听晚砧痴。谁怜我为黄花瘦,慰语重阳会有期。(蘅芜君)(种菊)携锄秋圃自移来,篱畔庭前故故栽。昨夜不期经雨活,今朝犹喜带霜开。冷吟秋色诗千首,醉酹寒香酒一杯。泉溉泥封勤护惜,好知井径绝尘埃。(怡红公子)(供菊)弹琴酌酒喜堪俦,几案婷婷点缀幽。隔座香分三径露,抛书人对一枝秋。霜清纸帐来新梦,圃冷斜阳忆旧游。傲世也因同气味,春风桃李未淹留。(枕霞旧友)(画菊)诗余戏笔不知狂,岂是丹青费较量?聚叶泼成千点墨,攒花染出几痕霜。淡浓神会风前影,跳脱秋生腕底香。莫认东篱闲采掇,粘屏聊以慰重阳。(蘅芜君)(簪菊)瓶供篱栽日日忙,折来休认镜中妆。长安公子因花癖,彭泽先生是酒狂。短鬓冷沾三径露,葛巾香染九秋霜。高情不入时人眼,拍手凭他笑路旁。(蕉下客)(菊梦)篱畔秋酣一觉清,和云伴月不分明。登仙非慕庄生蝶,忆旧还寻陶令盟。睡去依依随雁断,惊回故故恼蛩鸣。醒时幽怨同谁诉:衰草寒烟无限情!(潇湘妃子)(访菊)闲趁霜晴试一游,酒杯药盏莫淹留。霜前月下谁家种?槛外篱边何处秋?蜡屐远来情得得,冷吟不尽兴悠悠。黄花若解怜诗客,休负今朝挂杖头。(怡红公子)(对菊)别圃移来贵比金,一丛浅淡一丛深。萧疏篱畔科头坐,清冷香中抱膝吟。数去更无君傲世,看来惟有我知音!秋光荏苒休辜负,相对原宜惜寸阴。(枕霞旧友)(咏菊)无赖诗魔昏晓侵,绕篱欹石自沉音。毫端蕴秀临霜写,口齿噙香对月吟。满纸自怜题素怨,片言谁解诉秋心? 一从陶令平章后,千古高风说到今。(潇湘妃子)(问菊)欲讯秋情众莫知,喃喃负手叩东篱:孤标傲世偕谁隐?一样开花为底迟?圃露庭霜何寂寞?鸿归蛩病可相思?休言举世无谈者,解语何妨片语时。(潇湘妃子)(菊影)秋光叠叠复重重,潜度偷移三径中。窗隔疏灯描远近,篱筛破月锁玲珑。寒芳留照魂应驻,霜印传神梦也空。珍重暗香休踏碎,凭谁醉眼认朦胧?(枕霞旧友)(残菊)露凝霜重渐倾欹,宴赏才过小雪时。蒂有余香金淡泊,枝无全叶翠离披。半床落月蛩声病,万里寒云雁阵迟。明岁秋风知再会,暂时分手莫相思!(蕉下客)

七律三首
和《红楼梦》红梅花诗①步其原韵

和《红楼梦》菊花诗十二首，意不能止，再和红梅花诗三首。

"红"字

雪地冰天点点红，虬枝竞放傲凌风。

娇颜难自冬期改，花事终和春意通。

腊蘸广寒早绽蕾，苞含层涧已呈虹。

佳时无意他人赏，任我南园好梦中。

"梅"字

岭头闻道绽红梅，万簇千丛冰隙开。

乍起朝霞云作锦，渐消冬艳雪成灰。

瑶池移本仍仙种，汉水飞花自艳胎。

回首江山春意闹，东风西蛱莫嫌猜。

"花"字

春来难觅斗寒花，水曲山凹见靓华。

疏影千枝任晚雨，清香一脉对残霞。

结庐洁士思高节，浮海仙人梦远槎。

蜂蝶莫夸桃李色，雪姿冰质总相差。

2014 年 4 月 1 日

① 《红楼梦》红梅花诗原诗(咏红梅花得"红"字)桃未芳菲杏未红，冲寒先已笑东风。魂飞庾岭春难辨，霞隔罗浮梦未通。绿萼添妆融宝炬，缟仙扶醉跨残虹。看来岂是寻常色，浓淡由他冰雪中。(邢岫烟)(咏红梅花得"梅"字)白梅懒赋赋红梅，逞艳先迎醉眼开。冻脸有痕皆是血，酸心无恨亦成灰。误吞丹药移真骨，偷下瑶池脱旧胎。江北江南春灿烂，寄言蜂蝶漫疑猜。(李纹)(咏红梅花得"花"字)疏是枝条艳是花，春妆儿女竞奢华。闲庭曲槛无余雪，流水空山有落霞。幽梦冷随红袖笛，游仙香泛绛河槎。前身定是瑶台种，无复相疑色相差。(薛宝琴)

七律二首
甲午春日纪游

甲午早春，频娱游，成诗两首。

一

画意诗心两倦牵，却携逸兴步春巅。

新桃对涧杂新草，画岫夹溪映画船。

远水含霞微带雨，近崖衔日竟吞泉。

野村酒幌晨风里，且趁花时问鞠仙。

二

桃烟柳絮一晴中，春色如怡岁岁同。

已觅杏开南嶂上，还寻樱发北溪东。

莺啼切切泥新树，燕语嘈嘈巢旧茏。

郑国季咸①多寂寞，春来无客问穷通。

2014 年 3 月 16 日

① 季咸，神巫名。《庄子·应帝王》云："郑有神巫曰季咸，知人之死生存亡，祸福寿夭，期以岁月旬日，若神。"

七律三首
四月二十二日谒
南昌八大山人青云谱故居有怀

　　2014 年 4 月 20 日受邀赴江西南昌泰豪论坛，做题为《众所周知的美好》的讲演，并赴宜春朱向前先生秀江别墅拜访。22 日回南昌，由百花洲出版社安排参观青云浦八大山人故居。五日后成诗三首。

一

逃生劫后号癫残，块石群鸡见肺肝。
石似蹲鸥难比铁，鸡如伙狼宁称鸾。
梦中家国余烟水，醒里诗词剩芷兰。
一世哭歌随他忌，残山剩水是严滩。

二

寻遍江南非我家，墨情画意见嵯岈。
山穷水尽秦人渡，涧老林枯楚客涯。
疏竹三根晨月淡，浮云一片夕阳斜。
吾生不得桃源住，多画空荒梦里夸。

三

兼毫出没总无情，血泪椎心画不成。
性命归来荒梦在，国家亡去乱魂烹。
故宫长望盛狐鼠，新舍回眸余草荆。
何是残生安措地，如橡一世画蜉萌！

2014 年 4 月 27 日

七律一首
春映咿呀学语

　　吾小孙女每周回来两天，白天基本不醒，晚上基本不睡，全家集体陪玩。邻居被扰，于是彼此相约，以后家有孙辈，待遇相同。大黄鸭为一播放音乐儿歌唐诗童话之玩具，浇花亦一玩耍项目，彼时众花遭劫，大发涝灾，而鱼缸之鱼也要浇，乐何如之。戏占一律以记此生此年此时之乐，虽黄出律，鱼失韵，因属实录，亦所不顾也。

庭外春花新绽枝，吾家春映咿呀时。
夜深不寐嬉兴足，日昃难醒睡意痴。
起舞端从大黄鸭，浇花偏重小金鱼。
爷爷已老无多用，也伴吾孙舞迟迟。

2014 年 5 月 2 日

七律一首
因赏玩赏花只待两三枝之句而有思焉

　　网上见赏花只待两三枝之句，频有心花乍开之快。思人之俯仰一世，所谓良辰美景赏心乐事者，非待花团锦簇时不可，有赏花之心者，三两枝以至于一支亦可也。为之诗。

赏花只待两三枝，春早心闲雪化时。
茶品一杯初识味，书开半卷渐生思。
云深山远鸟鸣涧，日暖风清泉入诗。
淡白浅红皆上品，无关杏早与梅迟。

2014 年 5 月 16 日

七律八首
嘉峪关怀古

2014 年 6 月 29 日至 7 月 6 日，受嘉峪关市委宣传部邀请，赴嘉市参观访问。嘉峪关位于明长城西端，河西走廊西口，古丝绸之路从这里通西域，自古兵家必争之地，今日成戈壁新城矣。成怀古诗八首。

一

百丈危楼接碧天，祁连远望见冰川。
古城残月映驼影，羌笛哀声动晓鸢。
瀚海苍茫两滴泪①，昆仑浩渺几星巅。
古来多少伤怀事，都伴黄沙入长烟。

二

折柳声声恸客津，玉门西顾少归人。
轮台冰雪胡兵重，碎叶干戈汉骑陈。
出降金城千哭痛，凿空博望百伤新②。
千年和战成疆域，一曲《阳关》万里身。

092

三

久厌文渊问汗青，无端又莅汉军亭。

长平旗鼓色尤暗，定远兵戈血尚腥③。

一出居延敢畏死，再通丝路已名荣。

曾擒颉利天山外，千载凌烟姓有铭。

四

大漠风沙雪岭尘，白山④又吐月明新。

长空万里看归雁，紫塞千番送战轮。

都护安西新传檄，单于葱岭再窥津。

年年捷报走城下，《出塞》歌停泪满巾。

五

老去频思霍骠骑，当时一战取河西。

匈奴妇女失颜色，甘、肃⑤乡亲望鼓鼙。

金柝暗鸣大漠冷，铁衣沉重雪山低。

人生得意趁年少，飞燕翎梢跃马蹄。

六

城阙巍峨驼路低，吴丝楚绣出河西。

关中老客惯胡事，大食王孙久汉栖。

疏勒南沿多水草，和阗北道盛庐畦。

驼蹄早识天山路，《杨柳》声声过尉犁⑥。

七

天马崔嵬苜蓿鲜，胡姬善会舞胡旋。

君王伟略天山外，大将宏图碎叶边。

威海未归飞骑耻，安西待破射声先。

汉关启动雄兵出，一战前军过氏川⑦。

八

山色湖光相映辉，李陵碑上草蝉飞。

河西粮积士方练，塞北秋高马正肥。

李广失期惊事变，卫青得罪哭兵微。

南飞最痛穹庐雁，也伴苏卿匹马归⑧。

2014 年 6 月 29 日至 7 月 6 日，9 月 1 日校定

① 两滴泪,指青海湖、罗布泊。

② 金城,指唐金城公主;博望,指汉博望侯张骞。

③ 长平,指唐长平侯卫青;定远,指汉定远侯班超。

④ 白山,嘉峪关南山被祁连山所遮蔽,南为黑山,北为白山(因山顶终年积
雪得名)。

⑤ 甘、肃,指甘州和肃州,泛指河西四郡。

⑥ 《杨柳》,即《折杨柳》,古横吹曲。尉犁,西域古国之一,泛指西域各国。现
　　为新疆巴州尉犁县,位于新疆中部,巴音郭楞蒙古自治州腹地。

⑦ 飞骑,即骠骑;射声,古代汉军八校尉之一。氏川,指氏置水,即今敦煌党河。

⑧ 苏卿,苏武,字子卿,出使匈奴被囚 19 年,不降,终得归,赐爵关内侯,图
　　名麒麟阁 11 功臣之内。

七律十六首
甲午夏日闲咏

　　甲午长夏，工作依旧繁冗，然心闲，多有偶上心头之咏，辑为一束，竟有十六首之多，亦意外之喜也。

一

花下阑干柳下莺，雕虫一日又营营。
偶因意惬舒伧眼，乍自心怡放逸声。
长夏有情奢潦雨，矮檐无酒慢时英。
白头已识无余事，闲对浮云说晚晴。

二

鹊噪鸦鸣仲夏晨，晚年已惯早醒身。
梦中潦草家乡月，忆内依稀鼙鼓春。
水逝川间悲哲圣①，蓬飘塞下恸诗绅②。
浮生一觉人何处，檐外飘风又过邻。

三

戎衣久朽酒衣痕，俗雨庸风过晓昏。
六十未臻身呕弃，三千已远意先吞③。
塞聪始觉尘喧少，瞠目时惊夏日暾。
颠倒行来何处了，无非浅水蓼花村。

四

桃阴杏蔽艳阳天，身寄京师二十年。
早惯春迟梅发后，长知霜急菊新前。
乡音乍听难通豫，官话时吟竟乱燕。
无语休猜南望缈，客心欲诉少琴弦。

五

碧涟百亩廓天中，万朵荷花共日红。
车马喧阗缄伟阙，楼台巍峨映离宫。
游人渺渺烦音少，曲院深深浊念空。
心旷且来听鸟雀，坐凉殿陛看岚穹。

六

篱北篱南木槿花，放心一旦到天涯。
云开五岭麻姑涧，月映三山靖节家。

沧海千寻龙吐沫，长河万里日明霞。
此生多少忘情处，都伴遥眸入暮葭。

七

江南长忆总多情，夏柳如烟夏水明。
扁舸拂崖枝萼暖，孤竿落涧片山清。
画图省却渔翁面，笙笛吹停荷雨莺。
最是夕阳归后好，月升星坠看萤行。

八

曾过湘沅闻屈平，至今畏问楚江声。
黄钟毁弃诚臣逐，奸宄扶摇瓦釜鸣④。
泽畔行吟三佩草，水涯眺号九哀荆。
老来颇读离骚卷，依旧仓皇满泪舣。

九

闲来市井觅新茶，北调南腔一路花。
暑雨乍兴风落帽，旧朋还见噪成鸦。
间关妇女啁燕语，呕哑儿童呷蓟夸。
尧世何须寻证迹，田畽欢喜说桑麻。

十

官拜枢臣佩虎符，几番廊庙颂琏瑚。
风姿卓约花临水，意气浮扬口吐珠。
沧海曾经金有泪，巫山除却玉生污。
此行狴犴无归路，往事回思应向隅。

十一

久将深刻作先声，摸象盲人枉论衡。
陋识村姑空丑误，寡闻笼鸟自聪明⑤。
鹅湖夺席轻朱子，白鹿分庭斥陆生⑥。
垂老渐知风雅颂，却同鹦鹉说长庚。

十二

姹紫嫣红六月中，神州不与旧年同。
雨清霾雾乾坤阔，霜击魔邪谤怼冲。
官报日传檄令急，私媒时泄虎蝇穷。
沧桑一度堪经历，又说新闻罢醉盅。

十三

但携豪气视从来，幽邃几曾蔽壮才。
惯笑猾奸萦俗意，长嗤浅智辱铜灾。

红唇岂是多情物，阿堵庸非致祸胎。
何计聪明辽历士^⑦，也同宵小入刑台。

十四

懒向丹青问紫朱，耻随名士入时图。
新文辞野能听少，异曲声乖可诵无。
诗觅囊编知永味，书循远圣识来途。
炎蒸何事身如火，鸟嘴初煎看沫凫。

十五

长从尘累忘云泉，白鹿空游白鹤川。
乍醒南柯惊久梦，急寻天姥走丛巅。
赤城远在天台外，天柱遥浮瀛海间。
前世合为太白否，烟霞一望一陶然。

十六

半世情深在旧编，屈平文字老庄篇。
蛙乘坎井惭知少，雀跃蓬蒿得趣鲜。
燕说时夸听郢烛，北车每误罪南阡。
嗜痂既久宜成习，《秋水》长吟入梦天。

2014 年 7 月 14 日至 19 日

① 语出《论语·子罕》,原文:"子在川上曰:逝者如斯夫! 不舍昼夜。"
② 语出唐贾岛诗《送友人游塞》。原诗云:飘蓬多塞下,君见益潸然。迥碛沙衔日,长河水接天。夜泉行客火,晓戍向京烟。少结相思恨,佳期芳草前。
③ 语出《庄子·逍遥游》。原文:"《齐谐》者,志怪者也,《谐》之言曰:'鹏之徙於南冥也,水击三千里,抟扶摇而上者九万里。'"
④ 语出屈原《楚辞·卜居》。原文:"世溷浊而不清,蝉翼为重,千钧为轻;黄钟毁弃,瓦釜雷鸣;谗人高张,贤士无名。"
⑤ 村姑,指东施,取东施效颦之意。笼鸟,指鹦鹉,取鹦鹉学舌之意。
⑥ 朱子即朱熹,陆生即陆九渊。南宋淳熙三年(1176),朱熹与当时著名学者陆九渊相会于江西上饶鹅湖寺。陆认为人们心中先天存在着真、善、美,主张"发明本心",这与朱的主张不同。二人辩论争执,以至互相嘲讽,不欢而散。这就是中国思想史上有名的"鹅湖会"。从此有了"理学"与"心学"两大派别。庐山白鹿洞书院坐落于庐山五老峰南麓的后屏山之阳。唐贞元年间(785—805),李渤隐居这里读书,养一白鹿自娱,人称白鹿先生。南唐升元四年(940)设庐山国学,亦称白鹿国学,与金陵国子监齐名。后书院历经沧桑,屡兴屡废。直到南宋朱熹知南康军,方得以兴盛。
⑦ 出唐沈光《李太白酒楼记》。原文云:"移于幽岩邃谷,使之辽历物外,爽人精魄"。

夏日暴雨

京城少雨，然甲午夏日多雨，且多暴雨，亦一喜也，为之成诗一首。

暑午长觇云府低，风婆宁复举旌鼗。
雷车撼地飙摧树，电火焚空鸟扑堤。
直下狂雷穿忽夜，斜飞飘雹瓦成蹊。
天威似此当惶悚，檐溜危听亮若溪。

2014 年 7 月 21 日

七律五首
读广州十三行旧闻有怀

甲午夏，因读林文忠公事，涉阅广州十三行旧史，不觉感慨，成诗五首以纪之。

一

五羊城外大江西，一十三行少旧题。
曾起楼台同海市，仍来夷货等山霓。
神州港辟洋风暖，禹夏名标鬼帜低。
今日但言鸦片恨，罪功宁止祸甿黎①。

二

洋开十字挽汤汤，法舸英帆入粤疆。
明主因通《穷理学》②，大僚竟睹火轮航。
地圆恍悟天知缈，物竞方惊国步跄。
当恨时无商氏出，一更成法胜夷殊。

103

三

旧史斑斑论锱铢，强邦岂敢小商途。

计然没世陶朱在，子夏成名吕相孚。

定海炮咽千垒破，江宁笔落一朝污。

可怜百五十年后，国策明称是贩输③。

四

中华守土计何长，夷卒三千破五羊。

总督驱驰如灶鬼，抚台踩踏似坑蜣④。

筑城沙面称租界，割地九龙大贼庄⑤。

最令天朝惊诧处，金銮不取只通商⑥。

五

烟乱群山火乱溪，虏兵一战走城西。

坐衙大帅卜成败，上阵将军杀犬鸡。

夷众放枪发弹火，我军泼血污仇梯。

人头待砍仍私话，挝腿麻杆可胜羝⑦。

2014 年 7 月 22 日

① 笔者读史以为,广州十三行从其出世之始便担负了中外贸易和物质文化交流的重大使命。最初的年代,中外贸易和物质文化交流应当说是平等的,相互有益的。近代论家多将十三行视为祸国殃民的外国买办谋利的机构,这种看法是偏颇的。事实上,十三行在它存在的全部时间内,对于中西各国相互认识、乃至于中国走向近现代产生了非常正面的作用。

② 穷理学,西方物理学的最早译名。《穷理学》六十卷1683年(康熙二十二年)即由耶稣会传教士南怀仁编撰完成,并于同年8月26日进呈康熙皇帝,希望"镂板实行"。

③ 笔者读史认为,鸦片战争以来中国屡受西方列强欺凌,与统治集团无法理解世界已经进入一个全新的贸易立国的时代大有干系。中华本有重商的传统与文化,却在最需要变法时墨守成规,视通商及贸易立国贸易强国为洪水猛兽,终于遭遇到鸦片战争的惨败,开始了中国历史上屈辱的半封建半殖民地时代。这一过程一直延续了150余年,直到20世纪末叶中国宣布全面进入社会主义商品社会,方才完成了由传统农业立国向贸易立国贸易强国的转变。

④ 有史料称,第二次鸦片战争期间,英军攻城人数只有3000余人(又一说4000人),两广总督叶名琛"高谈尊攘,矫托镇静",闻讯后认为"必无事,日暮自走耳。""敌船入内,不可放炮还击。"英军攻占省城对岸凤凰冈等处炮台,叶名琛闻报后仍断言15日无事。叶的镇定来自他的巫术活动。原来他在总督衙门建了一个"长春仙馆",里面祭祀吕洞宾、李太白二仙;一切军机进止都取决占语。其过15日无事,就是两个大仙告知的。而广州城恰恰14日沦陷。破城后叶被俘,并被押往印度加尔各答因死,广东巡抚柏贵则任敌蹂躏,竭力事敌,不但向英军保证上奏弹劾叶名琛,翌年署理两广总督后,为能继续担任巡抚,竟擅自接受英法侵略者提出的由巴夏礼、哈罗威、修莱等组成的委员会负责广州治安的无理要求,所发告示须由巴夏礼等批准,皇上谕旨亦由巴夏礼等截取,署外由英法士兵把守,并与侵略者联合发布告示,凡殴打洋人"定照叛逆治罪",使广东巡抚衙门实际上成为一个地方傀儡政权。

⑤ 第二次鸦片战争的结果,是使英国人强占广州沙面为租界,交割香港九龙司给英人。而十三行也在战争中被毁。

⑥ 对于清朝统治者而言,第二次鸦片战争中最让其惊诧的地方无过于英法联军占领北京后并没有夺其皇位,做中国人的皇帝,而仍然是要求与其签订不平等条约,这些条约,基本上都是些不平等的商约。

⑦ 第二次鸦片战争中的广州之战典型地显示了中国人当时落后世界的程度。比如英人攻城,战争已经打响,两广总督叶名琛却靠占卜决定行止,前线将军迷信用鸡血狗血破敌。有史料称,即使在被英军大批俘虏等待砍头之际,中国兵将仍认为英人的腿不会弯曲,用麻秸打腿就可以胜敌。

七律九首

因读广州十三行旧闻忆嘉峪关之行
兼及林文忠公出关事有怀

甲午夏，由读广州十三行旧史及嘉峪关之行思及林文忠公则徐出关及后半生事，思数年前至福州市三坊七巷参访经历，有余悲焉，成诗九首。

一

虎门烟烬罪林公，一去轮台万念空①。
自制轻车忧路厄，多携旧胰伴途穷。
黄沙戈壁人何处，冻漠冰山草不丛。
国事不成诗宁在，放翁今起是林翁。

二

辞别侯官②谪路长，三坊七巷尽悽惶。
马前杯酒故园水，望中荆妻丧妇妆。
家难宁如国难重，新悲何比旧悲伤。
无言泪眼睽离日，即将长行作永殇。

106

三

曾在江宁位大僚③，又从扬子弄波潮。

两涯地亩仍禾叶，半壁江山已祸苗。

竟附忿言听土种，好赢强虏阻银超。

万民嗜药皆衰朽，宁有兵粮可立朝？

四

武胜关前见饿莘，河南自古痛黄滔。

广堤水决亡淮路，流众山崩认贼豪。

君意允留先塞水④，臣心难忘急生逃。

事平难别中州士，泪送单车过虎牢。

五

秦岭山高陇水长，餐风沐雨到河凉。

酒泉南去多田亩，嘉峪西行少牧场。

望眼久留沙碛草，马蹄暂驻绿洲杨。

玉门一出无春色，深虑边陲不梦乡。

六

西行路绝到伊犁，老骥身同心尽瘃。

青海长云看畏色，天山新月照忧居。

疆南画定屯耕策，山北思成守战陴。

仍具深疑葱岭外，一言俄患泪沾卮⑤。

七

陕甘暂督⑥应长噫，皇命催征似火移。

廊庙已摊赔款数，官衙早定砍人期。

穷乡妇孺多啃草，富壤民绅正典尸。

不死虎门臣有恨，年年泪眼看流离。

八

转官云贵⑦只为铜，滇水黔山见苦穷。

苗寨形容唯佝藳，侗乡饮食仅蛇虫。

跋行洱海催科急，漂泊乌江赋敛空。

一自东南兵败后，边寨蛮野遍哀鸿。

九

罪臣依旧在天心，又起沉疴判桂钦⑧。

洪党揭竿方大火，普宁凋命竟长喑。

忠贞一世余轻死，谪废多年有痛襟。

读史偶于前圣事，一思遗恨一悲吟。

2014 年 7 月 23 日至 26 日

① 1841年(道光二十一年)6月28日,道光皇帝下旨,革去林则徐"四品卿衔","从重发往新疆伊犁,效力赎罪。"林则徐于当年7月14日踏上戍途,12月21日到达新疆。

② 侯官县,清属福建省,现成为福州市的一部分,林则徐的家乡。

③ 林则徐曾任江苏按察使、江宁布政使、江苏巡抚等职。

④ 林则徐赴疆途中,黄河泛滥,在军机大臣王鼎的保荐下,朝廷命林则徐赴黄河戴罪治水,半年后治水完毕,所有的人都论功行赏,他却再次接到了"仍往伊犁"的谕旨。

⑤ 1842年12月10日,林则徐到达伊犁,不仅看到了沙俄的勃勃野心,还目睹了这里的荒凉景象,认为要充实边防,改善人民生活,最好的办法是实行屯田备边。在新疆的3年间,他行程3万余里,足迹遍及天山南北,共开辟各方屯田884068亩,还在开垦荒地中发现并推广了坎儿井这一地下水利工程,并广泛传播纺纱技术。他在走遍新疆的过程中绘制的众多边防地图为左宗棠后来收复新疆帮了大忙。

⑥ 道光二十五年(1845)九月林则徐奉召回京候补,十一月以三品顶戴署理陕甘总督。二十六年(1846)四月授陕西巡抚。

⑦ 道光二十七年(1847)三月,清廷命林则徐为云贵总督。

⑧ 道光二十九年(1849)秋林则徐因病重奏请开缺回乡调治,翌年三月返抵侯官。九月又被清廷命为钦差大臣,去广西平息洪秀全、杨秀清在金田发起的反清武装起义。他抱病从侯官起程,十月十九日(1850年11月22日)逝世于潮州普宁行馆。在报丧奏折到京前,清廷于十月二十四日(11月27日)还命他暂署广西巡抚。桂即广西,钦是钦州,桂、钦代指爆发太平天国起义的广西。

七律一首
符志就先生嘱书因思往事成诗一首

　　符志就先生，余入伍时之首长，当年多有提携教助之情。复于1979年春同上战场。后虽分离，天各一方，然仍不忘旧部属，时有关切教诲。某年因公务谒见于南粤，饮酒乐甚，不觉有少年之快。因嘱书而思往事，成诗一首。

少年蒙教习时纶，鼓角戎妆共几春。
寒重嵩山千蹈雪，冰封汝水百濡身①。
边关血战轻骄虏，南粤欢逢醉美醇②。
晚岁每思当日事，《无衣》暗诵长精神③。

2014 年 7 月 30 日

① 　当年部队驻守洛阳，每逢冬季拉练，则入嵩山，过汝水，蹈冰河，踏雪山，故言。

② 　1979 年春，与符志就先生一同赴边境作战，相见于部队出国境作战之黄昏。身后是山万重，前方是万重山，生死未卜而豪情满怀，至今如在目前。25年后复见于南粤之佛山，先生出好酒待我，忆及昔日战场事，依旧满怀豪

情,英雄气不减当年。

③ 《诗经·秦风·无衣》云:"岂曰无衣? 与子同袍。王于兴师,修我戈矛。与子同仇! 岂曰无衣? 与子同泽。王于兴师,修我矛戟。与子偕作! 岂曰无衣? 与子同裳。王于兴师,修我甲兵。与子偕行! "云其义而用之。

七律一首

读史偶感

史工焉用耻前尘，秦世英雄汉世身。
车裂商鞅非法恶，蔚除韩信似谋贫。
求贤魏武屠英义，用间刘邦任猾皱。
天步行来唯蹇厉，一程颠顸一程新。

2014 年 8 月 1 日

七律一首
夏日感事

竹韵松风总自清，平骚玉赋见才情。

东坡难叶唐诗戒，太白羞同晋士鸣。

今古啸歌任性寄，从来佳咏出天成。

谁知破律惊厄句，不是春雷第一声？

2014 年 8 月 8 日至 13 日

七律一首

因访阿城思及金末女真遗民
滞留豫皖交界地并定居至今有歌

史载：公元1232年，南宋绍定五年，统治北中国120年之久的大金国天兴元年，蒙古大军两路杀入河南，三峰山一战，金最后一支主力军团全军覆没，元军大将速不台兵临金朝最后一个国都南京汴梁。亡国在即，女真人聚族而议，为保存一族最后的血脉，决计分为三支，一支由金哀宗完颜守绪率领，南下蔡州，将元朝大军和战争引向自己，另一支向东南走淮水，行疑兵之计，掩护最后一支，也即全族的老弱妇孺，尤其是未长大成人的孩子，悄悄北渡黄河，越过长城，回归东北故土。两年后的1234年，金哀宗在蔡州以身殉国，末帝完颜守麟战死，大金国灭亡，此时北归的一支早已越过黄河，而欲向东南走淮水行疑兵之计的一支，也即我母亲的先祖，却在距离汴梁不远今豫皖两省交界处停留并小部分奇迹般地存活下来，直到今天。2014年8月5日至8日，受阿城市金源博物馆馆长、散文家、当代词人刘学颜先生邀请，笔者终于实现多年愿望拜谒阿城金源故地，触摸历史，寄托幽思。归后思及当年旧事，尤有深痛。成诗一首。

宋将移兵偷汴日，哀宗轻死蔡州师。

北归故地悬途绝，东下淮疆逃死迟。

妇孺有心沉潦水，弱残无力出涯茨。

滔滔天佑余民在，长令遗孽哭此时[①]。

2014年8月14日

① 公元 1234 年，金亡国之季，南宋大将赵葵出奇兵走旧运河，令人惊异地进入了蒙古大军攻陷并屠城后只剩下一片瓦砾的金都汴梁。这次象征性的洗雪靖康之耻、北伐中原的胜利只持续了几天就灰飞烟灭，元军统帅一怒之下"决祥符县北寸金淀水以灌之"。（语见岑中勉先生《黄河变迁史》）正是岑先生书中的这段史料给笔者提供了一个信息：从金国灭亡之年起，元军就因宋军重入汴梁城作数日游的缘故扒开了黄河，将黄河以南的豫皖交界地区变成了一片汪洋。非常可能就是这一次长达数十年得不到治理的黄河大决口和此后形成的浩茫无涯的黄泛区，让我母亲的先辈即那支向东南下淮水行疑兵之计的女真人没能走出这片洪水滔天、茅茨遍野的荒野，同时洪水又保护他们避开元朝统治者入主中原之初的灭绝性屠杀，奇迹般地生存下来。

七律一首
晚秋夜窗听雨

时光如箭，转眼又是晚秋，夜窗听雨，意马心猿，留诗一首在枕边。

沉沉夜雨没蛩嘤，隐隐轻雷远岬鸣。
再闭朱明瀿郁眼，来听秋爽迤遭声。
心摇早望鸿千里，园瘦先期菊万坪。
一宿潇潇思底事，明朝枫岫看霞晴。

2014 年 9 月 20 日

七律二首
晚秋杂咏

一

再听风雨过松篁，秋气如潮入梦凉。

乐食枣新柑熟地，喜观雁渡蟹肥乡。

重阳已饮登高酒，九月当吟安弱章①。

花甲恰逢闲适日，又怜红叶上崇冈。

二

心远稍观《缀白裘》，旦生末净一时俦。

喜啼笑骂人间世，善恶忠奸瓦舍秋。

粉墨因缘宁水火，氍毹爱恨也恩仇。

休言伶事皆夸诞，一闻吹腔泪不收。

2014 年 10 月 7 日

① 安弱：语出陶渊明《闲情赋》：愿在莞而为席，安弱体于三秋。别其意而用之。

七律四首
南粤纪行

2014 年 11 月 9 日至 14 日，受《香港商报》之邀，陪同道诸贤赴广州，趋汕头，作数日品鉴岭南之游，成诗数首，守旧律，用旧韵。

一

危塔崴嵬破碧青，羊城弥望户千庭。
流通潺潺珠江水，立绝嵯峨越秀亭。
自古通商称一口，从来聚富胜群泾。
浮华驰荡当年事，又嚼烧鹅看晓星。

二

五岭嵯峨向海东，羊城别后入青葱。
荔枝山野新花乱，芒果河滨老酒红。
民户足安看简淡，地方富重见谦冲。
喜行南粤多嘉遇，又伴诸贤咏岁丰。

三

汕头亦是满城花，醉后频惊日影斜。

韩水①浩茫开地角，海门②砥砺柱天涯。

渔舟唱晚千帆盛，潮贾争豪万户奢。

呷食犹堪称独步，牛丸一碗不思家。

四

南澳凭栏已十年，私心日日望遥天③。

如虹桥横凌波岛，似箭车飞过海渊。

丽馆齐云连蜃景，新村近浦盛蠔舫。

更开高路登葱笼，满目霞潮树起烟。

2014 年 11 月 10 日至 13 日

① 韩水，即韩江，中国东南沿海最重要的河流之一，古称员江，恶溪，后称鳄
溪。上游由梅江和汀江汇合而成，梅江为主流，发源于广东省紫金县上峰，
在三河坝与汀江汇合后称韩江，至潮州市进入韩江三角洲河网区，流经汕
头注入南海。

② 广东省汕头市潮阳区海门镇海门渔港是国家一级良港、全省第三大渔
港，并于 2005 年成功申报为国家中心渔港。年捕捞量 5 万吨左右。2002 年
建成渔港码头、水产批发市场和水产品贸易商场。同时发展海淡水养殖业，
被评为"省农业生产示范区"。位于镇区内的潮阳商港是经国务院批准设立
的一类口岸，可对外国籍船舶开放。

③ 笔者 10 年前曾来过南澳岛，故言。

七律一首

入潮汕境遥谒韩文公祠思文公
香火不盛于中原故土而盛于此邦有怀

　　十年前曾至潮汕采风，因谒潮州韩文公祠，为潮人千秋万代不忘文公之德而感动。十年后再入潮汕境，不得再次拜谒，有余憾焉。成诗一首。

一封朝奏九重天，夕贬潮州路八千。
当日海隅知至圣①，千年黔首念先贤。
潮山潮水名韩氏，江北江南记道传。
再谒最羞香火事，故乡不盛盛渔船。

2014 年 11 月 13 日

① 　至圣,即大成至圣先师孔子。韩愈元和十四年(819)被贬潮州,推崇儒家文化,励行教育,使潮汕一变而为"海滨邹鲁"。潮州人民为了纪念他,将笔架山改称韩山,山下的鳄溪改称韩江。

七律六首

岁末杂咏

甲午岁末，天下平，尘心静。有杂诗六首，记幽怀也。

一

心倦冬深醒晚醺，雪时候尽不彤云。
潴风城大升霾渐，形远庐偏弃笔勤。
冷念池塘春草缈，闲凭林苑腊枝殷。
漫羁猿马归何处，一卷重开看右军。

二

曾借卮言写晚声，又闻寒气过前楹。
攻书六十痴心老，沉梦三千大觉轻。
槐国望中荒木在，仙乡舡上白头明。
平生已耻文章误，老与衣鱼共寄生①。

三

浮生颠倒又经年，谱去宫商付管弦。

老尽残眸啼笑市，洞穿幻景燕莺川。

此身已耻同关马，新曲犹期过《窦》《天》^②。

自古文章孺口盛，无干粉墨与宫廛。

四

梦身迤逦过春桥，柳绿桃红一望遥。

衰质淡随浮腊替，巢居唯与故经哓。

名楼再问骎无趣，凡味初尝每过娆。

回首邯郸途上客，为谁风雨为何嚣。

五

颓乎既老意如何，再上重峦峻望多。

疲马啸风思广道，旧舷滞淖梦长河。

蠹鱼腹匿诗千种，槐蚁廷存赋百窠。

莫道桑榆时已晚，江山满眼待吟哦。

六

又从子夜数春阴，还惜欢时驻倦心。

潜自物情知嬗替，静由童语悟兴侵。

122

家家安处听低唱，户户新符伴小斟。

人世何时开口笑，年年佳节有余吟。

2014 年 12 月 18 日至 2015 年元旦之日

① 衣鱼，一种昆虫，体长而扁，有银灰色细鳞，常在衣服和书里，吃浆糊和胶
　质物。亦称"蠹鱼"。
② 关马，即关汉卿、马致远，泛指古代剧作家；《窦》《天》，一指《窦娥冤》，关
　汉卿的代表作；一指《天静沙·秋思》，马致远作品。

七律一首

为电视剧《客家人》开机赠王焰先生
并贺新年

王焰，吾友也。著名电视制作人，中视传媒股份有限公司董事长。相识多年，如沐春风。2014 年 12 月，因笔者编剧的长篇电视剧《客家人》由中视传媒等三家制作单位投入制作，赋诗一首相赠并书之，以贺新春。

此生已恨首飞蓬，赋罢新词百念空。
慷慨悲歌《易水》①志，死生绝响《广陵》②风。
惊弦岂共巴人痛，泪眼难从伧俗红。
一曲清操知雅士，高山流水与君同。

2014 年 12 月 25 日

① 《易水歌》，一作《渡易水歌》，战国时期燕国侠士荆轲将为燕太子丹赴秦刺杀秦王，后者为其在易水饯别时荆轲留下的一首歌。歌曰：风萧萧兮易水寒，壮士一去兮不复还。

② 《广陵散》，中国音乐史上著名的古琴曲，即《聂政刺韩王曲》。三国曹魏时"竹林七贤"之一嵇康以善弹此曲著称。嵇为曹魏宗室女婿，因得罪钟会，为其诬陷，被司马昭处死。刑前仍从容不迫，索琴弹奏此曲，并慨然长叹："《广陵散》于今绝矣！"

七律一首
新年新剧开笔有怀

　　乙未年始，受邀再写新剧。开笔之际，思主人公之行迹、事业、理想及命运，不觉感慨流涕。成诗一首。

再赋新词宁有情，沉雷闷闷蔓思萦。
百年陈迹思前史，一代菁华蹈旧营。
过隙白驹人易老，移山愚父志徒荣。
文章世世悲何事，又谱哀歌悼盛名。

2015 年 1 月 12 日

125

七律一首
西山无雪寻腊梅不遇网上得腊梅图有诗

与妻赴西山，思寻腊梅，不遇，甚不豫，复于网上寻觅，得大批腊梅图，不觉大快，成诗一首。

梅白梅红不足邻，还寻同病上嶙峋。

蝉衣凝腊摧冰沍，蝶翼溶金耀雪榛。

清介孤山香自渺①，风流远驿意长皴②。

寒林一望皆鸦色，乱点鹅黄又报春。

2015 年 1 月 14 日

① 孤山，位于浙江省杭州市西湖风景区旁，有放鹤亭、林和靖墓、玛瑙坡、一眼泉水、文澜阁、中山公园、敬一书院、秋瑾墓、六一泉、半壁亭、苏曼殊墓等景点。其中放鹤亭为纪念宋代隐居诗人林和靖而建，他有梅妻鹤子之传说。亭外广植梅花，为湖上赏梅胜地。
② 语出陆游词《卜算子·咏梅》："驿外断桥边，寂寞开无主。已是黄昏独自愁，更著风和雨。无意苦争春，一任群芳妒。零落成泥辗作尘，只有香如故。"

七律一首
张万年上将逝世哀辞

张万年上将，中共十五届中央政治局委员、中央书记处书记，中央军委副主席，中华人民共和国中央军事委员会副主席。曾任陆军第 127 师长，陆军第 43 军军长，武汉军区副司令员，广州军区副司令员、司令员，济南军区司令员，总参谋长。2015 年 1 月 14 日逝世，新华社讣告称其为中国共产党的优秀党员，久经考验的忠诚的共产主义战士，无产阶级革命家、军事家，中国人民解放军的卓越领导人。笔者于 1979 年作为武汉军区赴前线学习团的成员随其指挥的第 43 军 127 师在广西东线加入自卫还击作战，24 年后又参与其传记的写作。多年亲接教诲，忽从电视中得噩耗，悲痛何如。成哀辞一首。

薨逝干城天地阴，壮魂来去乘风霖①。

忠臣死国尸燃火，良将平戎鼓咽金②。

三个搞清胜敌策，四应知道带兵箴③。

斯人一去山河恸，风范长留待景吟。

2015 年 1 月 15 日

127

① 张万年上将属龙,生时风雨大作。农家俗谚云:龙从雨,虎从风。是时村中父老即言其乘风雨而来。去世之日,一冬无雪之北京忽然天色昏暗,降小雪,故言。

② 张万年上将 16 岁从军,一生参加过抗日战争中的胶东大反攻,东北解放战争中的山东八路军渡海挺地东北、安东三股流之战、本溪保卫战、新开岭之战、四保临江之战、营盘之战、辽阳之战和辽沈战役中的塔山阻击战,平津战役中的康庄之战、怀来之战、张家口追击战和围困北平作战,渡江战役后的衡宝战役、广西战役、粤东南澎列岛登岛作战,福建东山岛抗登陆作战,1968 至 1969 年赴越南前线参与抗美援越作战,1979 年春率陆军第 127 师参与对越自卫还击作战。此后又指挥过 1995－2002 年历年的对台作战演习。一生立 5 次大功,多次负伤、濒临死亡而又绝处逢生,堪称传奇。

③ "三个搞清"又称"三个搞透",是军事家张万年军事思想的核心组织部分,"三个搞清"或"三个搞透"为:每战之先必将我情搞透,将敌情搞透,将地形搞透,做到知己知彼,知天知地,方可以言战;四应知道即"四个知道一个跟上",是张万年一生带兵的经验总结,即班长对战士、上级对下级要知道在哪里,做什么,想什么,需要什么,然后思想政治工作和管理工作要跟上。后者作为新时期我军带兵思想的重要成果,曾被正式列入《全军基层建设纲要》。

七律一首
残冬偶寄

已是残冬，然天尚寒，春尚远，不能出户。成诗一首。

小寒迢递大寒连，无雪时霾过永天。
冰月余情甘冷酷，穷年胜意盼春鲜。
敢屏冻户逃诗友，宁写新梅状醉麈。
晚照再销鸦杪外，又寻旧卷约云泉？

2015 年 1 月 18 日

七律一首
读清人施补华诗文有怀

　　施补华(1835-1890)，清代诗人，字均甫，浙江乌程人。同治九年举人，少有诗名，会试不第，因家贫入左宗棠幕，性沉默，人疑其骄。时方重桐城文，补华独轻之，因被目为狂士，人多毁之。后出嘉峪关循天山南下至阿克苏入张曜幕，光绪三年随清军西征阿古柏，保官至知府。张曜抚山东，令治河工，晋道员。曜钦其学行，方将密荐乞显擢，竟于光绪十六年病死。施补华文词简洁，气象雄阔，诗亦深秀。有《岘佣说诗》《泽雅堂文集》八卷存世。予读其诗，觉有杜少陵之风，因悲之，成诗一首。

　　　　　束发才名动缈尘，布衣曾是壮怀身。
　　　　　峥嵘识见惊人早，傲岸书辞越世新。
　　　　　博望雄图胜定远①，少陵无路等刘伦②。
　　　　　文章憎命千秋痛，吟向穷途恨愈真。

2015 年 1 月 18 日

---

①　博望，即博望侯张骞。《史记·大宛列传》："然张骞凿空，其后使往者皆称博望侯。"定远，即定远侯班超。《后汉书》卷四十七《班梁列传·班超》载："其

130

封超为定远侯,邑千户"。

② 少陵,即杜甫。刘伦,即刘伶,字伯伦,"竹林七贤"之一,因世路黑暗而纵饮,有《酒德颂》。

七律一首
甲午残冬走西山有思

甲午残冬，又走西山，有所思。成诗一首记之。

天静风停万物晴，疏林连壑伴冰莹。
繁华老去舒伧眼，萧杀开空见远瀛。
一色江山荒野阔，半横松柏夕阳明。
寒凝天地何时好，千里盈虚一眺清。

2015 年 1 月 26 日

七律一首
乙未元日将近偶寄

元日将近。马去羊来，心平气和。成诗一首。

铁冷钢寒是暮冬，神京伫望夕阳彤。
暖窗微醉诗情好，新纸轻描画彩浓。
恶竹恨不芟万棵，青松应允过千峰。
犹兴余尚恬时重，俚曲长听一日慵。

2015 年 2 月 10 日

133

七律一首
乙未春给杏树

乙未早春，窗外杏树一夜间怒放，亦令余心花大开，成诗一首。

缤纷仙羽下瑶台，君我心花一夜开。
曾哭污暝长闭眼，重逢晴朗共辞哀。
寒凝万丈终融水，红满千枝乱染腮。
且喜树人皆健硕，春风又贺好诗来。

2015 年 3 月 23 日

七律一首
又闻

忽闻又有"老虎"被打，始则惊，觉不可信，然终为证实不虚，一则为之不耻，一则为之愕然。成诗一首。

纷纷谣诼下凡尘，虎影蝇声说又真。
君子正人空识面，巨赃大渎日惊身。
耻无净土夸廉士，恨有刑台审谪臣。
桃李花开春正好，一闻捷报一瞠神。

2015 年 3 月 28 日

七律一首
卖花

　　余少长农村，知稼穑苦。今渐老，蚁居都市，不能免俗，每日晨昏两次出走街头，一曰运动，一观市廛。每见有卖花老者，晨至而暮仍在，一车花亦在。京城春日风恶，人与花车牛皆尘土，于灯火下尤伫望焉，似盼有购其花者，不觉有哀悯之心。古有白居易杜少陵诗，尽写民情疾苦，吾辈何与焉，思之歉然。为之诗并记。

　　　　叠翠堆红一圃春，长街晨立望行人。
　　　　牡丹苞重玫瑰紫，月季枝繁栀子银。
　　　　育籽发棵经黑手，裹泥贩萼自遥津。
　　　　幸无驱逐华灯上，花自盈车人自尘。

2015 年 4 月 6 日

七律一首
又读史

乙未春，得读抗美援朝战史，思绪翻涌，夜不成寐。成诗一首。

早恨年年误海棠，又听风雨读残章。
东方乌瘴来天地，中国悲歌动莽苍。
身命宁为知语烬，硝烟长入丧殇颃。
汗青代代悲前史，又揾凌烟泪几行。

2015 年 4 月 13 日

137

七律十首
邓华将军赞

读志愿军副司令员、代司令员、司令员邓华将军抗美援朝经历及一生行迹，断续成诗十首。

一

夜抱深谋赴菊香，守攻进退应商量。
西夷钢重工车驱，东国山多利洞藏。
坑道近缠任我动，短兵鏖战足仇伤。
金城捷报飞来疾，一日中华立伟强①。

二

井冈初会少年妆，战罢龙岩战上杭。
研策长征折锐日，知机攻锦夺坚场。
平津敢议方成命，琼海能飞不渡洋。
东北置军传旧部，书生已是识兵郎②。

三

初临战境雪云低，廿万雄兵偃鼓鼙。
骄虏急攻分左右，我师猛进斗东西。
虽居副帅多撄重，始接新夷善辨迷。
大捷当期惊胜小，已知此遇是强羝③。

四

长吁麦帅意难同，敢信毛彭不杰雄。
敌势狂嚣双路疾，胜机深静一吟匆。
偏师自古成奇士，矜将从来悔伐功。
二战足堪称大捷，败军十七溃如风④。

五

敌军三战已惊弓，全线崩逃一夜空。
胜帜逐亡轻足缓，乱旌奔北重轮匆。
两师捷报夷都下，半旅兵临三七东。
此日审图翻戒惧，忧思险虑满深瞳⑤。

六

四战群凶凶已顽，即攻即退旋来还。
沉舟破釜空骁勇，越水登山困涉攀。

粮弹日艰军力竭，弱强势逆战情悭。

临危代帅任新局，一变驱驰用守山⑥。

七

敢称五战事难期，帅不言听亦自疑。

胜逆败随惊早觉，敌顽我愈恨先知。

新谋誓为惩仇用，诤语不因拂怒私。

一鼓难成朝战胜，战平三八是赢时⑦。

八

坑道坚拼又督师，两军胜负宁能知。

开城已历舌唇斗，火线才撄和战机。

血染上甘死士岭，尸横北汉覆旌茨。

书成停战寰球变，自此东方不可欺⑧。

九

毕生师长认毛彭，岂料毛彭亦不情。

百战尘消捐铁甲，一言命庑务田耕。

白头边郡膺猜眼，病岁穷庐吊独觥。

最痛梦深风织雨，军书羽檄到连营⑨。

十

老去元知心力骀，尚思为国尽余才。

敢言彭帅冤堪泪，长痛同侪罪可哀。

已闭亡瞳当难闭，未开苍昊应终开。

遗眸大叫我不死，豪气还回点将台⑩。

2015 年 4 月 14 日至 23 日

① 菊香书屋，毛泽东解放后在中南海的居所。抗美援朝五次战役后，敌我战场形势发生逆转，毛泽东曾召邓华赴菊香书屋研讨战法。邓华提出应大胆使用阵地战对付联合国军，并分析利害，为毛泽东所信用。阵地战后来发展成坑道防御战，志愿军终以此一战法顶住敌军，迫使其在停战协定上签了字。

② 邓华是毛泽东秋收起义的旧部，17 岁随毛泽东上井冈山时还穿着一身中学生的制服，20 岁随毛泽东打龙岩、上杭时已任红军师政委。邓华爱读书，长征途中坚持研究兵法，他出众的军事才华在辽沈战役中的攻打锦州战斗中得到展现，开始受到毛泽东的器重。其后又在天津战役前对毛泽东已经批准的作战方案提出异议，再次为毛泽东所接纳。其后邓华身为中国人民解放军第十五兵团司令员，奉命指挥了渡海攻打海南岛的战役，在金门战役失利的阴影下大胆用兵，获得全胜。毛泽东就此认为其知兵，可堪大任，朝鲜战争一起，即任用其为新成立的东北边防军的司令员。

③ 抗美援朝第一战役，邓华任志愿军副司令员，审时度势，向中央提议 20 万兵力一起入朝，为我军用优势兵力打赢第一仗奠定了基础。其后他和副司令员洪学智又各自发现敌兵两路北上，中间出现缺口，我军可长驱直入，实施穿插分割，歼灭敌人。我军在彭德怀司令员领导下果断出击，初战获胜，回答了能不能打赢美军的问题，极大地振奋了军心。但是这一仗并没有取得国内战场对国民党军那样的大胜，让邓华意识到我军遇上了从没有交过手的强敌。

④ 敌帅麦克阿瑟在遭受我军一次战役打击后仍矜伐狂妄，坚信中国不敢出兵，在西线两路大举反扑，声称圣诞节结束朝战。我军抓住战机，迅速对敌

形成分割包围。由于我 38 军 113 师迂回三所里、龙源里断敌后路成功,造成敌全线大溃退,一直由中朝边境地区越过清川江退到安州、价川一线。加上东线我军在长津湖地区的胜利,造成敌向三八线的总退却。抗美援朝第二次战役胜利结束次日,平壤光复。邓华参与指挥,与有荣焉。

⑤ 抗美援朝第三次战役,敌军心已怯,闻战全线退却,我军一路追击,前军直至三七线。无奈双脚追不上敌军车轮,唯占汉城、仁川等空城,歼敌万余,没有达成大批残敌的目标。此役邓华在沈阳养伤,仍密切关注战局,他夜审地图,敏锐意识到我军过三八线后前进过远,战线已长,供应艰难,恐不是吉兆。后战局变化果如其忧。

⑥ 抗美援朝第四次战役,敌人已发现了我军因后勤供应不足而只能进行"一星期攻势"的弱点,并找到了和我军周旋的战法:即我军一发起打击,立即全线后撤,待我们用双脚追赶,耗尽给养,欲收缩休整时,马上调头赶来,对我实施追踪攻击,并名之曰"磁性战术"。敌人战法的这一重大改变给装备和供应落后的我军制造了很大困难。四次战役后期,面临困境的我军在彭德怀司令员回国与毛泽东商讨军机时,由邓华代司令员,就地用顽强的阵地战堵住敌人,迫使其在三八线一线停下反攻的脚步。邓华也在这个过程中意识到我军军力所能达到的战争边界可能就是三八线,而在敌强我弱及朝廷国力狭窄的情况下,阵地战而不是运动战有可能是我军战胜敌人赢得和平的正确战法。

⑦ 抗美援朝第五次战役发起时,邓华和副司令员洪学智都向彭德怀表达了继续用运动战法歼敌的忧虑,却没有被军委采纳。战役打响后我军果如所料,先胜后败,60 军 180 师在撤退中大部被俘,被彭德怀认为是"一生中最大的耻辱"。此役后邓华不因对毛泽东、彭德怀在战法方面提出异议会触怒"逆鳞"而有所忌惮,在毛泽东将其召回国进菊香书屋听取意见时,大胆地提出用阵地战取代运动战赢得战争的想法,并作出了我军以现有力量不可能将联合国军一举赶出朝鲜的判断,为战争转入以守住三八线为目标进行停战谈判以赢得和平作出了贡献。

⑧ 抗美援朝战争转为固守三八线的坑道防御战前后,邓华曾作为我军代表参与板门店谈判,并得出了只有在战场上才能赢得和平的结论。其后他再任代司令员,指挥我军以坑道为依托,与敌在三八线进行了包括上甘岭战役在内的艰苦卓绝的防御战,并将我军的劣势逐渐转化为优势,即以坑道阵地为依托开始向敌军发起反击。金城战役我军大胜后的第二天,联合国军方面便急急忙忙宣布接受我方的条件,与我签订停战协定,结束了战争。

⑨ 邓华在 1959 年的庐山会议后受污陷,成为所谓彭德怀"军事俱乐部"的成员之一,被迫脱下军装,到四川省做副省长,分管农业机械,渡过了 17 年的

艰难岁月。

⑩ 邓华在文化大革命结束后被"解放",重回军队,任军事科学院副院长,是最早要求为彭德怀及其"军事俱乐部"成员恢复名誉的我军高级将领之一。邓华将军于1980年病逝,暝目前仍大呼:"我就是不死!"

七律三首
乙未春日杂咏

乙未春，因连日读史，有思，成诗三首。

一

老去还同世味轻，桃花柳絮和春行。
新书多读惊时有，旧梦重回静气盈。
天问宁知尧易问，河清敢信禹能清。
醒迟乍感潜霖足，卧听莺声到晓楹。

二

灵台何计避韶光，漫灭汗青辨几行。
又见穷山栖诤骨，还听良笔泣冤殇。
英雄无路留深语，秀士亡头出隽章。
点滴哀声随暮雨，长从檐注响铿锵。

144

三

纸上长闻剑戟鸣，沙场鏖战有编征。

卫青豪气矜轻死，刘彻骄心在远名。

血凝悬旌边草暗，尸陈断刃虏风清。

谁吹横笛《陇头水》，残月还临碎叶城。

2015 年 4 月 21 日

145

七律二首
乙未晚春有怀

乙未晚春，偶感花开花落，物是人非，成诗两首。

一

百年今日恨何如，夜静春深梦未初。
书弃四更鸡问早，思飞千里句成虚。
梅花心事同尘远，溪客①精神出染疏。
欲信武陵居卜易，桃源一望满渔庐。

二

老去方知性本艰，郦生傲物祢衡悭②。
刘伶陋僻偏酤酒，阮籍猖狂每哂顽③。
一搦沈腰讹眼注，数分潘鬓冷腔讪④。
匆匆百岁应谐意，且竖孤眸觑鹜山。

2015 年 5 月 1 日

① 溪客,莲花的别称。宋姚宽《西溪丛语》卷上云:"昔张敏叔有《十客图》,忘其名。予长兄伯声尝得三十客:牡丹为贵客,梅为清客,兰为幽客,桃为妖客,杏为艳客,莲为溪客。"

② 郦食其[yì jī](?—公元前203年),陈留县高阳乡人。少年家境贫寒,好读书,人们视为"狂生"。后跟随刘邦,屡建大功,在楚汉相争两军苦战汉军情势被动的局面下,他建议夺取荥阳,占据敖仓,获得巩固的据点和粮食补给,为日后反败为胜奠定了基础。又出使齐国,劝齐王田广归汉,齐王乃放弃战备,以七十余城降汉。汉王四年戊戌初(公元前204年11月),汉将淮阴侯韩信嫉妒食其之功,发兵袭击齐国,齐王田广认为被骗,乃烹杀郦食其。祢衡(173—198),字正平,平原郡(今山东德州临邑德平镇)人。恃才傲物,裸身击鼓骂曹操,曹操把他遣送刘表,后因和江夏太守黄祖言语冲突被杀。

③ 阮籍(210—263),三国魏诗人。字嗣宗。陈留(今属河南)人。竹林七贤之一。曾任步兵校尉,世称阮步兵。崇奉老庄之学,政治上则采取谨慎避祸的态度。阮籍猖狂,语出王勃《滕王阁序》:"阮籍猖狂,岂效穷途之哭。"

④ 沈腰潘鬓,成语,形容男子姿态、容貌美好。《梁书·沈约传》载:沈约与徐勉素善,遂以书陈情于勉,言己老病,"百日数旬,革带常应移孔,以手握臂,率计月小半分。以此推算,岂能支久?"后因以"沈腰"作为腰围瘦减的代称。西晋潘岳《秋兴赋》序中有"余春秋三十有二,始见二毛",赋中有"斑鬓髟以承弁兮,素发飒以垂领"。后以"潘鬓"为中年鬓发初白的代词。李煜《破阵子》词云:"一旦归为臣虏,沈腰潘鬓消磨。"

七律一首
读《郁达夫诗词全编》

无书可读，于网上读《郁达夫诗词全编》，思其一生事迹，成诗一首。

国破山河雁破秋，飘萍何事又登楼。

百年功业名难立，千古词章愿未酬。

庾信①泪眸伤北草，文山②意气壮南囚。

畸零一觉星洲梦，方死当吟正首丘③。

2015 年 5 月 5 日

① 庾信(513—581)字子山,小字兰成,南阳新野(今属河南)人。"幼而俊迈,聪敏绝伦",15 岁入宫为南朝梁太子萧统伴读,19 岁任抄撰博士,后又与徐陵一起任萧纲的东宫学士,成为宫体文学的代表性作家。梁武帝末,侯景叛乱,庾信时为建康令,率兵御敌,战败,建康失陷,他被迫逃亡江陵,投奔梁元帝萧绎。承圣三年(554 年)奉命出使西魏,抵长安不久,西魏攻克江陵,杀萧绎。他被强留在长安,官至骠骑大将军开府仪同三司。庾信永别江南,内心痛苦,再加上流离颠沛的生活,使他在出使西魏以前和以后的思想、创作发生了深刻的变化,诗风苍劲沉郁,抒情小赋如《枯树赋》《竹杖赋》《小园赋》《伤心赋》等,都成为世代传诵的名作,尤其是著名的《哀江南赋》,为其

代表作,叙述了他的国破家亡之恨。

② 文天祥(1236 年 6 月 6 日—1283 年 1 月 9 日),字宋瑞,自号文山。江西吉州庐陵(今江西省吉安市青原区富田镇)人,宋末抗元名臣。宝祐四年(1256年)状元及第,官至右丞相,封信国公。于五坡岭兵败被俘,宁死不降。至元十九年(公元 1282 年)十二月初九从容就义。著有《文山诗集》《指南录》《指南后录》《正气歌》等。

③ 郁达夫(1896 年 12 月 7 日—1945 年 9 月 17 日),名文,字达夫,出生于浙江富阳满洲弄(今达夫弄)。中国现代著名小说家、散文家、诗人。代表作有《沉沦》《故都的秋》《春风沉醉的晚上》《过去》《迟桂花》等。1940 年,郁达夫与关楚璞、姚楠、许云樵等文人创建新加坡南洋学会。太平洋战争爆发后,任"星华文化界战时工作团"团长和"新加坡华侨抗敌动员总会"执行委员,组织"星洲华侨义勇军"抗日。星洲(现新加坡)沦陷后,郁达夫至苏门答腊避难,在当地人协助下开设酒厂谋生。因其早年留学日本,精通日语,被日本宪兵队得悉,令其充当翻译。郁达夫利用职务之便,暗中救助、保护了大量文化界流亡难友、爱国侨领和当地居民。1945 年,郁达夫的身分被日军识破。日本投降后不久,郁达夫神秘失踪,其失踪原因至今仍然还是未解之谜。日本学者铃木正夫经过研究得出了郁达夫是被日本宪兵下令杀害的结论。1952 年,中华人民共和国中央人民政府追认郁达夫为革命烈士。首丘亦作"首邱",比喻归葬故乡。《礼记注疏》卷六《檀弓上》云:"大公封于营丘,比及五世,皆反葬于周。君子曰:乐乐其所自生,礼不忘其本。古之人有言曰:狐死正丘首。仁也。"这里指死时一定会头朝着祖国的方向。

七律一首
乙未夏日自况

渐老而心未知老，然身已渐思倦怠矣。成诗一首以记今日之况，以成后日之忆。

暑至长怀慵倦思，仍寻平仄入新词。
句成鹊噪霞初榻，韵乱天开醒半姿。
世外玉人①方纵马，意中倾国正图眉。
欲追睡踵归清寐，何事熏风又拂帷。

2015 年 5 月 23 日

---

① 玉人，容貌美丽的男人。《晋书·卫玠传》："（玠）年五岁，风神秀异……总角乘羊车入市，见者皆以为玉人，观之者倾都。"南朝宋刘义庆《世说新语·容止》："（裴楷）麤服乱头皆好，时人以为玉人。"亦指美丽的女子。唐元稹《莺莺传》："隔墙花影动，疑是玉人来。"前蜀韦庄《秋霁晚景》诗："玉人襟袖薄，斜凭翠栏干。"宋谢逸《南歌子》词："画楼朱户玉人家，帘外一眉新月、浸梨花。"清蒲松龄《聊斋志异·鲁公女》："睹卿半面，长系梦魂；不图玉人，奄然物化。"黄侃《无题》诗："春晚垂杨映画楼，玉人微拨钿箜篌。"此处指笔者正在写的一部电视剧中的男主人公。

150

七律一首

赠友

最难人世是遭逢，六十先知满眼空。

天地拂除余雀鸟，死生忘却有朋雄。

一花可令衰颜笑，百事难从众意通。

老去壮心当未已，一闻酒令气如虹。

2015 年 6 月 13 日

七律五首

品鉴岭南之惠州之行兼怀东坡先生

　　2015 年 6 月 23 日至 30 日，再赴岭南，与众文友作品鉴岭南之惠州之行。观南国风光，思东坡旧事，成诗五首。

一

烈日熏风六月天，又临惠土近前贤。

荔枝大啖夸仙果，芦橘方鲜慰咏肩①。

再见梅株思鸟种，有怀陶令愧斑年②。

无边烟雨罗浮上，一吊先驱一泫然。

二

命陷凌夷何所骄，惠州还见旧年桥③。

窜穷不思人憔悴，斥远还哀众苦焦。

一语能堤长梗水，片言可活久枯苗④。

休谈末路无可事，行过斯文大义昭。

152

三

罗浮艳色动悲心，万里天涯蜀梦沉。

末岁渔舷知谴厉，白头海角感伤深。

朝云⑤凋逝哀孤鸟，暮雨飘摇悼旧衾。

愿化惠梅三万亿，年年开遍望乡嵚。

四

已付余生老惠州，君恩再赐复长流。

舟轻一日飞儋耳，车迟三旬会子由⑥。

伛偻先生知待死，猖狂宵小恨难瘳。

六如亭⑦下留余怅，自此梅花两地稠。

五

生不契棺死不柩⑧，先生别后宁回头？

已轻衰命归难去，还笑苍旻老不收。

踏浪凌波仙有路，耕洋牧海鬼从流。

惠州辞罢扶云谢，天赐东坡再壮游。

2015年6月23日至30日

① 苏东坡在惠州有《食荔枝》诗。诗云："罗浮山下四时春,卢橘杨梅次第新。

日啖荔枝三百颗,不辞长作岭南人。"

② 被贬到惠州的苏东坡诗中多处可见对故乡的怀念,譬如他认为惠州的梅花和家乡四川眉州的一样,怀疑是鸟把种子从家乡带到了惠州。此时他亦开始重新认识陶渊明其人其诗,惭愧当年不深知陶渊明的诗和生活。

③ 惠州有东新桥、西新桥,传为当年苏东坡倡言并资助所建。

④ 惠州西湖有苏堤,当地史料载为苏东坡贬斥时倡言所修,以方便城中百姓出行。又言其在惠州日将中原先进农业机械传给当地,并倡言修水坝蓄水灌田,活百姓禾苗。

⑤ 王朝云,字子霞。宋代浙江钱塘人,苏轼侍姜,1094年随苏东坡谪居惠州,第三年亡故并葬于惠州西湖孤山,苏东坡亲撰墓志铭。

⑥ 史载,苏轼绍圣四年(1097年)再贬儋州,其弟苏辙亦被贬雷州。苏轼四月十七日得到诏命,到梧州时听说苏辙还在前面百来里处的藤州,很快追上,兄弟二人结伴前行,相处25日,于雷州分别。苏辙再送苏轼渡琼州海峡南行。三旬是约其数而言。子由,苏辙字。

⑦ 宋绍圣三年(1096年)七月五日,王朝云病亡于惠州,葬于栖禅寺松林中。墓由栖禅寺僧人筑亭覆盖。朝云生前学佛,临终时诵"六如偈"云:"一切有为法。如梦幻泡影,如露亦如电"。如梦如幻如泡如影如露如电,故称"六如",亭则名为"六如亭"。

⑧ 绍圣四年(1097年)六月,苏东坡渡海到海南,"留手疏与诸子,死则葬海外,生不契棺,死不扶柩,此亦乃东坡之家风也"。元符三年(1100年),朝廷赦令东坡北归,六月二十日夜,苏东坡登上渡船。风平浪静,海天一体,星光灿烂,上下交映。东坡如在银河中行,击舷高歌:"九死南荒吾不悔,兹游奇绝冠平生!"

七律一首

读《看不见的世界》①

寒山长卧梦吟稀，更读奇文问紫微。

造物自来通永妙，神抟何处现真机。

敢扪幽洞看虚影，宁信多维伴褰衣②。

此命恨不同化境，一亲玄界壮思飞。

2015 年 7 月 23 日

① 《看不见的世界：碰撞的宇宙膜弦及其他》，斯蒂芬·韦伯著，胡俊伟译，湖南科学技术出版社 2011 年 11 月出版。作者在书中详细在介绍了广义相对论与量子力学——20 世纪物理学的两大基础——之后，解释了这两种理论根本上的矛盾之处，然后将读者引向了物理学家们为解决这一矛盾而提出的种种古怪诡异的见解——从难以置信的小粒子到大得足以盖住宇宙的膜，最后作者把我们带到了理解力的全新领域。

② 斯蒂芬·韦伯认为，当代物理学认为人类对世界的认知非常可能就是柏拉图的幽洞囚徒认知，即只能知道真实的影子，他们甚至怀疑三维之外的维可能就在距我们极近之处。我们看不见、不知道近在咫尺的另一个真实的世界，可它却可能是唯一的真实世界。这既令人震惊又非常迷人，即使对于文学也是如此。

七律一首
《音乐会》入选"百种抗战经典图书"有怀

拙著《音乐会》，写于1998至2000年，前后历时三年。2002年1月由解放军文艺出版社出版第一版(上下册)，2010年由作家出版社出版第二版(修订版)。曾获第十一届中国人民解放军文艺奖。2015年7月被中宣部、国家新闻广电出版总局列入"百种抗战经典图书"，由作家出版社再版，想当年写作时情境，悲东北抗联勇士之牺牲，成诗一首。

数年琢史意如何，死士啁啾鬼唱歌。

家国黍离流泪尽，舆图瓦解横尸多。

敢吟《无衣》穷腔血，能赋同仇怼兽魔。

今夜当听长白雨，青山处处慰松藂。

2015年7月24日

七律一首
感时

长借清飚上碧穹，凌烟阁尽问谁雄。
青春烺烺玫瑰色，岁月匆匆富贵①丛。
读史曾谙矜士戒，蹈尘叵耐信臣风。
邯郸梦醒参滋味，一样悲欢亘古同。

2015 年 7 月 26 日

① 富贵花,牡丹别称。

157

七律一首

感时之再

世网无逃宁可疑，又听虎事已堪悲。
庙堂识面徒冠带，囹圄惊心有怨訾。
廉士肯梯污者近，洁身能避伪人知。
荷开暑夏香方好，一触新闻一惕思。

2015 年 7 月 31 日

158

七律三首
卧龙岗

2015 年 8 月 20 至 23 日，受邀参加《人民文学》南阳创作基地揭牌仪式，瞻望武侯祠，亦有思焉。断续成诗三首。

一

乱世风流怎卜居，青青岗上有先庐。
已知三顾唯驱策，难令孤心只稼锄。
六出穷山徒劳瘁，两呈遗表见忠疏。
命空五丈原应怨，天地何曾让读书。

二

《梁父》吟成恨有余，一亭一树忆征车。
出山已画三分策，入蜀先谙八阵书。
昭烈①功名逢火破，孝怀②性命献城虚。
桥弓梅瘦人何处③，邻旧儿孙又钓鱼。

三

香火氤氲车马迷，武侯高誉过夷齐。

可怜荣辱连周粟，难道穷达厌楚畦。

赤壁火狂曹屯败，祁山风恶汉帜低。

清操一曲夕阳外，嬲嬲应惜逊宛④鹏。

2015 年 8 月 23 日至 25 日

① 昭烈，即汉昭烈帝刘备。
② 孝怀，即后主刘禅。蜀汉亡后，刘禅移居魏国都城洛阳，封为安乐县公。公元 271 年(泰始七年)，刘禅去世，晋朝廷谥刘禅为思公。西晋末年，刘渊起事，国号为汉，追谥刘禅为孝怀皇帝。
③ 《三国演义》第三十七回《司马徽再荐名士刘玄德三顾草庐》有诸葛亮所作《梁甫吟》(也作《梁父吟》)一首，原文："一夜北风寒，万里彤云厚。长空雪乱飘，改尽江山旧。仰面观太虚，疑是玉龙斗。纷纷鳞甲飞，顷刻遍宇宙。骑驴过小桥，独叹梅花瘦！"
④ 宛，南阳旧称。

七律一首
出伏

　　今日出伏，有小雨，有梦，梦醒有事，一天辛苦，亦有感，成诗一首。

淅沥轻霖过砚床，蝉音转细蟀音长。
炎炎暑退凉初渐，湛湛天升岁半殇。
梦里桃源失陆海，醒间尘界近衣裳。
诗眸久望何为者，觅得秋山第一黄。

2015 年 8 月 24 日

161

七律一首

大醉作行草赠友并诗一首

倾墨拈豪喜欲狂，颠张醉素用商量。

龙飞蛇走英雄业，剑啸弓鸣性命场。

秋水无端催白发，青山有恨下西阳。

尚存余勇君稍待，温酒看咱 [zǎ]取二王。

2015 年 8 月 25 日

七律一首
晚秋触事有怀

红尘法界两无逃，还付幽情上碧遨。
秋望斑斓阳气正，晴开寥廓雁程高。
黄鸡空许催霜鬓，杜宇仍听唤旧皋。
陶令本知三径乐，可怜俗务又劬劳。

2015 年 11 月 2 日

七律一首

读时人论北宋亡国于蔡京经济政策文
不禁哀之兼哀著者

警世心肠枉自长，人间无那又沧桑。
蔡京灭宋因奢侈，胡亥锄秦用暴强。
民意思更原有兆，天心在乱亦寻常。
可怜屈杜空辞藻，笔墨无由解败亡。

2015 年 11 月 4 日

七律一首
乙未初冬夜有梦晨起有怀

人生有梦弱冠时，谁见功成华发披。
怜阮当听高士啸，慕陶可任野村炊。
穷迁贾谊湘山静，死放屈平汩浪曦。
何事一宵惊羯鼓，兵心又起玉关诗。

2015 年 11 月 13 日

七律二首
乙未初冬闲咏

一

放闲诸事可心时，雪乱花开两任之。
窗下落枯枝上鸟，望中苍狗梦间诗。
宽衣初著矜轻暖，遗卷新披识旧思。
化外生涯塬应尔，不知梅早与梅迟。

二

违别苍茫即入禅，此身曾渡六千年。
拈花长惯开颜笑，对景何辞阖目眠。
地狱天宫双净土①，凡城法界一尘廛②。
菩提有道原非树，方触玄思已涅槃。

2015 年 11 月 13 日至 17 日

① 《圆觉经》法语：地狱天宫，皆是净土。
② 《华严经》有言，入尘世就是入法界，故言。

七律三首
乙未初冬岭南纪游

　　2015 年 11 月，受《香港商报》之约，再次参与品鉴岭南活动，由深圳而东莞，不能无诗，成律诗三首。

深圳盐田

又遇神州大雪时，还临南国看花枝。
始思地脉私鹏土，宁信天心厚粤茨。
红入千村遮岭海，紫盈万户上眸眉。
白头醉后堪何事，踏月携朋乱说诗。

东莞清溪镇银瓶山紫烟阁纪游

青山绿水已多违，更向穷巅问翠微。
湖映银瓶天卷迴，阁浮紫霭洞烟飞。
云蒸粤海晴音肆，霞蔚清溪瑞气依。
为看奇花迷去路。一程一步坐峰晖。

东莞樟木头镇观音山森林公园纪游

海天独出绿森森，破碧擎空一伟岑。

茑径三攀亲佛偈，莲台九转感禅吟。

峰间道藏鸣钟鼓，林下游人悦鸟禽。

容与此番尘界外，云烟回望已归心。

2015 年 11 月 25 日至 27 日

168

七律一首
乙未仲冬纪梦

　　乙未仲冬，天将曙，已醒，复有梦，不知余置身何年何里，另有生涯，醒来初亦甚惑，后思时人有并存宇宙之说，意或吾亦有身并存于多重宇宙中，何此梦数十年间不时会现于梦中耶？成诗一首记其事。

渔樵世外梦来鲜，忽起恩仇欲曙天。
跛足偏行岫峭道，愤声还叱塞连川。
生涯另有延前觉，意气它横奏别弦。
风动神清还我在，旧山回觑已云烟。

2015 年 12 月 17 日

七律一首
因闻某剧票房大卖于网上观之有感

洋洋归去数金银，敢问尘寰孰是人。
魑魅荒山皆善类，衣冠名邑遍妖绅。
燃情音画狞仇激，嗜血心怀痛泪湮。
如此微言成大意，神州欺尽正邪身。

2015 年 12 月 20 日

七律三首
又自嘲

乙未残冬，诸事冗杂，作自嘲诗，以慰嚣嚣之心。

一

六十牛衰末止耕，梦思夜夜梦难成。
武夷金鼓罗浮雨，大渡风烟赤水旌。
商路思开悲浩劫，生民望治死强兵。
最伤弃笔挥行日，依旧哀凄满别睛。

二

日日寒潮透砚床，三生何似此生忙？
开篇所谓风牛马，解史无非爱恨荒。
梦里兵戈连岭海，眼前红绿乱衣裳。
胸中舞榭眉间彩，付与皮黄再思量。

三

漫和声腔问尘寰，勾栏瓦舍又年年。

英雄慷慨红颜窘，魑魅妖娆小丑鲜。

人世难逢开口笑，疆场长惯挽弓眠。

休嗟三变今生误，百代忠奸在索弦。

2016 年 1 月 22 日、23 日

七律一首

除夕杂咏

万户千门一运同，桃鲜柳润唤东风。
新声在耳枝枝有，瑞气盈心步步隆。
梅孕冰消天地业，河清海晏圣贤功。
此身宁是诗人否，又写春情入醉盅。

2016 年 2 月 7 日

七律三首
丙申春节闲咏

一

风和日暖自欣欣，蛰伏不惊雁未闻。
夜坐响穷迎岁竹，晨兴听尽贺新文。
景山花草望春色，北海衣冠蔽日曛。
凌乱还如宫苑柳，年年舞蹈待青君。

二

佳日佳时意趣清，又从鼓舞看皇京。
深宫崇殿空鹊鸟，遥寺香烟漫鼎旌。
雪鬓老翁人不识，桃苞柳线野相迎。
一枝青嫩携归去，好说春光万里明。

三

天自高深水自明，问心岂止一身轻。

放怀辄眺云间岭，畅闻唯听枝上莺。

太液荷芽兼紫绽，昭阳桃蕾待红惊。

天河岂是天涯界，今岁蓬瀛看日生。

2016 年 2 月 8 日、9 日

绝

五绝一首

读《李白集》口占（仄韵）

狂来总放歌，酒后时吟句。

一世百余年，无非醒醉互。

2013 年 8 月 3 日

五绝三首

早春绝句

　　甲午早春，霾虽重而窗外杏花意外大开。又读《庄子》，有新悟，快哉快哉。成诗三首。

一

　　宁是梦中人，来谈圹埌①亲。
　　一声归去也，满目武陵②春。

二

　　寒江连雨夜③，渔火被霜船④。
　　今古离愁似，何年是去年。

三

　　庾岭春初发，罗浮艳始深⑤。
　　不堪终远梦，梦远动禅心。

2014 年 3 月 20 日

① 语出《庄子·应帝王》："予方将与造物者为人,厌,则又乘夫莽眇之鸟,以出六极之外,而游无何有之乡,以处圹埌之野。"

② 陶渊明《桃花源记》云："晋太元中,武陵人捕鱼为业。缘溪行,忘路之远近。忽逢桃花林,夹岸数百步,中无杂树,芳草鲜美,落英缤纷。"

③ 唐王昌龄有诗《芙蓉楼送辛渐》云："寒雨连江夜入吴,平明送客楚山孤。洛阳亲友如相问,一片冰心在玉壶。"

④ 唐张继有诗《枫桥夜泊》云："月落乌啼霜满天,江枫渔火对愁眠。姑苏城外寒山寺,夜半钟声到客船。"

⑤ 清乾隆皇帝诗云："芳闰梅放更精神,静向楼台淡写真。玉树斜连珠翠冷,冰姿环映锦貂新。宫庭移得罗浮艳,栏槛吹来庾岭春。争羡围炉欹坐赏,敛情含笑最相亲。"罗浮艳,庾岭春,皆指梅花。

五绝一首

晨梦

家慈 1997 年去世，至今已 17 年矣，每年忌日将近，总来与余梦中相见，其后一年皆不复来。今晨梦中又见，觉来悲不能止，有诗一首。

醒时思有泪，梦去几回眸。
慈母怜儿意，年年到枕头。

2014 年 4 月 17 日

五绝一首
夜有思

长夜读书，思古今故事，有所得。成绝句一首。

好还天有道，造化弄强人。
谁料污人者，不为人辱身。

2014 年 8 月 15 日

五绝二首
中秋后小园纪事

中秋方过，游寓所前小园，口占二绝句，写此时景物之真也。

一

秋渐林红重，凉深秒叶单。
回望花谢处，犹有石榴看。

二

叶疏山楂紫，枝稀老柿多。
胡桃青间绿，累累出悬柯。

2014 年 9 月 19 日

183

五绝一首
伶仃洋

甲午晚秋，过伶仃洋，思文文山事，成绝句一首。

方别皇都去，来看海角洋。
北风夷岸草，还说鬼雄香①。

2014 年 11 月 11 日

---

① 文天祥《过零丁洋》诗云："辛苦遭逢起一经，干戈寥落四周星。山河破碎风飘絮，身世浮沉雨打萍。惶恐滩头说惶恐，零丁洋里叹零丁。人生自古谁无死？留取丹心照汗青。"

五绝一首
银川北望

乙未五月，应邀赴宁夏，住银川，登夏人陵，北望贺兰山，思霍骠骑事，口占一绝。

碛草接遥天，贺兰空鸟旋。
男儿千载意，勒石在燕然。

2015 年 5 月 12 日

五绝九首
乙未夏日偶兴

乙未夏日，心闲意远，时有所兴，记之笔底，所志不一，然偶兴一也，归为一束。

一

今夜潇潇雨，不和当日似。

当日雨犹淫，烽烟过南鄙。(仄韵，过南自救)

二

花开花复落，岁岁应时替。

不信燕归来，还申当日誓。(仄韵)

三

何事长相忆，瓜州古渡头。

今生不得意，醉老玉关秋。

四

塞上风尘静，居延几度春。
长河余落日，大漠孤烟新①。

五

读书江海外，六十未知《风》。
回问云栖者，花开又几泷?

六

新果琳琅熟，鲜花次第香。
愿将朱夏日，留作百年长。

七

欲诉入尘情，开言心又去。
非关出世人，语发多不豫。(仄韵)

八

春去南风劲，长悲百萼殇。

暑临阳气烈，随处见新芳。

九

心闲莺唤近，意缓草香清，

杜叟江亭上②，方吟又忘名。

2015 年 6 月 1 日至 13 日

① 语出唐王维诗《使至塞上》。原诗："单车欲问边，属国过居延。征蓬出汉塞，归雁入胡天。大漠孤烟直，长河落日圆。萧关逢候吏，都护在燕然。"

② 杜甫《江亭》诗云："坦腹江亭暖，长吟野望时。水流心不竞，云在意俱迟。寂寂春将晚，欣欣物自私。江东犹苦战，回首一颦眉。"

五绝一首

怀远

落日长河壮，空天绛叶群。
怀君当此际，意在五湖云。

2015 年 8 月 28 日

五绝一首

回乡人信

得乡人信，言故乡旧事，回复后尤觉有未尽意处，题一绝于案头。

浪子飘蓬久，衰年未忍归。

离愁不敢触，乡雨浸人衣。

2013 年 10 月 27 日

夏思

癸巳夏日，诸事冗繁，无以为解，咏史为解，断续成绝句五十首。

神农尝百草

百草皆尝不顾生，一躯腐朽我华亨。
功成岂止农蚕后，代代遗挈颂圣名。

女娲补天造人

石补青天忆已空，抟泥造子亦朦胧。
万年儿女清明泪，洒向茫荒肇造功。

黄帝问政童子①

黄河问政遇童颜，牧马三千自雅娴。
笑答害群羁削尽，天涯皆马亦闲闲②。

191

尧帝茅檐土陛③

茅檐无翦陛生蒿，先圣羞为一己劳。
纣殿桀宫支炬尽，空余尧墓入云高。

尧舜禅让

大位推承十九年，斑斑行事试英贤。
甘为天下听流语，致令千秋说愕传④。

大禹治水

泱潒茫汤日月昏，父诛子继救湍浑。
已知一耜生天下，三过篱庐不入门。

伯夷叔齐

姬发军前谏马头，圣王斧钺正如流。
《采薇》歌起朝歌破，死向商塬不食周。

孔子陈蔡绝粮

陈蔡违粮意已荒，弦歌仍在月明乡。

192

天如丧予听天命，仁道难归我独伤。

楚庄王问鼎中原

冲天一举世为惊，霸业从来出鸷英。
兵逼雒城询鼎重，此时万国识蛮荆。

孙子著兵法

兵法斑斑出睿英，刀丛车阵立奇名。
鼓旗散乱尘烟去，万里蒿莱一鸹鸣。

西施献吴

姑孰宫高满苑春，朝朝暮暮眼眉颦。
轻歌曼舞不胜怨，一顾南天一泪新。

商鞅车裂

百刃千车裂卫鞅，关东六国入秦囊。
丈夫甘受分尸祸，不耻终生在草荒。

蔺相如

璧怀柱睨死生时，为国难全一念私。
寄语负荆忠烈将，胜仇赖尔虎狼师。

廉颇

邯郸离后又几吟，豪气唯为故国深。
老去英雄空可饭，不如郭氏有黄金。

赵奢

阏与[è yǔ]奇谋立将名，胜谟神妙说难成。
听儿纸上谈兵易，亡赵长知是此氓。

王翦

虎狼尽起出秦天，五上军书索美田。
大笑君王挥手去，关东万里好平川。

李牧

良将垂衣立塞边，匈奴十载不窥山。
沙场能胜秦骁将，难阻王翦用谍奸。

白起

饮剑邮亭识死生，卅[sà]年惭愧竟知兵。
长平遥望今应雨，卌[xì]万降魂共哭声。

燕昭王黄金台(之一)

台上黄金耀日明，贤王一去骥骐轻。
千年易水空余恨，曾见荆轲带剑行。

燕昭王黄金台(之二)

一行伯乐冀原清，凡马何如八骏平。
但使黄金台竟在，关河无用遣荆卿。

荆轲

易水悲歌向死吟，国存系我一凡襟。
苍天唯解成嬴氏，不使功奇壮古今。

屈原

自沉汨水未遮羞，北望金瓯已不收。
楚地楚天生死共，回眸山魅正啁啾。

秦始皇陵

万代千秋咒暴心，始皇陵地气森森。
身归泉壤功威在，竖子何能动一簪。

大泽乡

区区胜广两征夫，大运来临只一呼。
八代经营三月火，长为赵政哭菰乌。

顶羽乌江自刎

姬辞骓弃断吾头，不令乌江耻再流。
回嘱马童分骺去，项王助尔五封侯。

刘邦（仄韵）

起自亭长称猾吏，功成仍自轻刘季。
不知巨眼咸阳路，早说英雄当有觊。

田横

与项同臣已知羞，何堪万乘拜甿刘。
洛东一舍呼车驻，持剑输儿酾血头。

田横五百士

恩主亡身洛水东，同侪五百一时空。
英名湮灭声闻在，两地松碑颂烈风。

韩信

沉舟破釜用谋强，十万齐兵灭楚王。
能忍淮儿裆下耻，不知钟室在咸阳。

张良

帷幄深谋为报秦，长知刘吕旧年身。
咸阳越布争功日，轻解簪缨入莽榛。

周亚夫

缓驰细柳感先皇，自古军威出庙堂。
报主锄平吴楚后，杀臣亦是有为王。

汉武帝通西域

仆仆征夫出渭滨，辟通西域赖雄身。
衔冤司马悲难诉，长诮千军换马尘。

飞将军李广

何事兵思越翠微，燕然北望薄云违。
世人不识如飞将，也伴村烟射石归⑤。

霍去病

少年最喜鼓和旗，兵法初看三两时。
扫灭穹庐沙碛外，匈奴不灭不家为。

张骞

玉门西望草连沙，心在乌孙不在家。
转徙天山三万里，权将雪霰作春花。

司马迁

藏壁雄文泪宁穷，耻将幽恨寄锥冲。
书成今上悲难咽，不记封狼记蛊虫⑥。

王昭君

胡天自放任今生，嫁骑如龙汉帜明。
万里夫家羊马地，阴山千载佑遗茔。

蔡文姬

长别穹庐服汉簪，秽裘厨帐久缠耽。
胡笳一拍几行泪，心在娇儿不在南。

苏武

牧羊北海近天涯，不见春葩见雪花。
持节长辞长乐雁，公羊不育不还家。

马援

犀甲吴戈出汉关，白头耆将再征蛮。
青山处处埋忠地，马革何须裹骨还。

班超

撷取长缨弃笔耕，封侯定远慰平生。
书生勋业天山外，愧拟宫词颂圣明。

曹操

魏武才高奕世迷，孙刘割剧一时齐。
昊天不许成嬴政，铜雀台空鸟乱啼。

诸葛亮

宁为阿斗死真雄，六出祁山蜀力穷。
报国儒生千行泪，斯人一去天地空。

孙权

割剧冠年战大邦，周郎才气世无双。
君不儿敌吾从后，拼却江东誓不降⑦。

司马懿

著尔红裳任尔羞，输赢岂在一时筹。
因知汉相虚餐饭，虎帐嚎啕痛不休。

晋武帝司马炎

沉沉宫鼓月升迟，又是羊车驾出时。
四万宫人齐暗语，竹枝今日贵金枝。

晋惠帝司马衷

乍袭龙衣醒复疑，笑听廷拜乱朝仪。
忽闻饿莩盈天下，讶问何不食肉糜。

晋元帝江南立国

渡江王马自娉婷，北望家山泪几零。
守得东南灵秀地，美辰对泣有新亭。

谢安

携妓东山任讪弹，西风究竟误清吹。
摧枯拉朽棋余事，千古应怜负钓滩。

王羲之

东床坦腹自沉吟，曲水流觞发痛音。
书本大贤长隐处，兰亭千古误高心。

2013 年 7 月至 8 月

① 黄帝问政童子的故事出于《庄子·徐无鬼》。原文："（黄帝）至于襄城之野，七圣皆迷，无所问涂。适遇牧马童子，问涂焉……黄帝曰：'夫为天下者，则诚非吾子之事。虽然，请问为天下。'小童辞。黄帝又问。小童曰：'夫为天下者，亦奚以异乎牧马者哉！亦去其害马者而已矣！'黄帝再拜稽首，称天师而退。"

② 语出《庄子·齐物论》："大知闲闲，小知间间；大言炎炎，小言詹詹。"

③ 李渔《笠翁对韵》云："禹庙千年垂橘柚，尧阶三尺覆茅茨。"自注：茅茨：以土为阶，以茅为屋。"《韩非子·五蠹》云："尧之王天下也，茅茨不剪，采椽不斫。"

④ 即所谓"《竹书》云：昔尧德衰，为舜所囚也。"（《史记·五帝本纪》正义）；"《汲冢竹书》云：舜囚尧于平阳，取之帝位。"（《广弘明集》卷十一法琳《对傅奕废佛僧事》）；"《汲冢书》云：舜放尧于平阳。"唐皮日休《原谤》亦云："故尧有不慈之毁，舜有不孝之谤。殊不知尧慈被天下，而不在于子；舜孝及万世，乃不在于父。呜呼！尧、舜，大圣也，民且谤之；后之王天下，有不为尧舜之行者，则民扼其吭，其首，辱而逐之，折而族之，不为甚矣！"

⑤ 《史记·卷一零九·李将军列传》云："顷之，家居数岁。广家与故颍阴侯孙

202

屏野居蓝田南山中射猎。尝夜从一骑出,从人田间饮。还至霸陵亭,霸陵尉醉,呵止广。广骑曰:'故李将军。'尉曰:'今将军尚不得夜行,何乃故也!'止广宿亭下。"

⑥ 太史公司马迁书《史记·今上本纪》,通篇不录汉武帝的文治武功,只记述其封禅迷信术士的昏聩生活。

⑦ 司马光《资治通鉴》卷六十五云:"权抚背曰:'公瑾,卿言至此,甚合孤心。子布、文表诸人,各顾妻子,挟持私虑,深失所望,独卿与子敬与孤同耳,此天以卿二人赞孤也。五万兵难卒合,已选三万人,船粮战具俱办,卿与子敬、程公便在前发,孤当续发人众,多载资粮,为卿后援。卿能办之者诚决,邂逅不如意,便还就孤,孤当与孟德决之。'遂以周瑜、程普为左右督,将兵与备并力逆操;以鲁肃为赞军校尉,助画方略。"

七绝五首
学书绝句

.

一

阅尽名家识地天，秘藏处处有真禅。
学成灵俊风流骨，也做兰亭水畔仙。

二

墨海倾翻泛紫毫，长吁引至浙江涛。
气平惊起龙蛇舞，落笔山崩浪又高。

三

书为六艺费人猜，常待心花有日开。
羡杀江东王逸少，淋漓泼洒鬼神哀。

四

献之性气过家翁，欲越《兰亭》岭万丛。
画虎一生终得趣，翰垣长辟小王风。

五

真卿心性自庄渊，《勤礼碑》成日月悬。
归去放情涂册状，仍携正气上冲天。

2013 年 7 月 24 日至 8 月 8 日

七绝一首
夏日晚雨

濡墨重云蔽日灰，一城闪电半城雷。
射人白雨风摧树，碧玉澄空照月回。

2013 年 9 月 2 日

七绝一首
卢沟秋望

无定朝暾映浼浑，百寻新塔藕花村。
古今多少风尘客，暂立卢沟望帝阍。

2013 年 9 月 3 日

七绝二首
西山

一

觑断神京百尺楼，黄花红叶几年秋。
五侯宅第差相近，允得巢由钓上游？

二

晚枫香染芰荷畦，沧浪渐从闹市齐。
高第连云遮蓟甸，愧同渔父入清溪。

2013 年 9 月 5 日

七绝一首
学书又戏题

久视香笺似广穹，拈毫振气吐长虹。
淋漓乍进扶摇起，九万云天啸翼风。

2013 年 11 月 19 日

七绝一首
无题

欲买秋山入九嶷，问津沧浪见渔遗。
洞庭木叶纷纷下，几户山家自渺离。

2013 年 12 月 20 日

七绝一首
寄友

卫青罪放唯绳虎，李广居闲但种花。
马革难容伤骨共，且从翰墨弄烟霞。

2014 年 2 月 25 日

七绝一首

京城重霾七日一夕春雨尽洗晨起阳光普照青天如盖有感

一夕轻霖洗重氛，欣欣万类仰曦昕。

漫猜靖节当年志①，不在东篱在白云。

2014 年 2 月 27 日

---

① 靖节，即陶潜，私谥靖节徵士。南朝宋颜延之《陶徵士诔》："若其宽乐令终之美，好廉克己之操……询诸友好，宜谥曰靖节徵士。"亦称"靖节先生"。

七绝三首
甲午早春即事

一

料峭轻寒过柳绦，东风潓漫碧空高。
芦芽亦感春时近，梅里冰边蕴紫毫。

二

何事春来动远魂，冽风渐隐煦风浑①。
雀巢鸦社凄凉久，枯水寒山见绿村。

三

冰中音息雪间身，听尽寒鸦始见春。
桃李应知佳事到，流红绽白一时新。

2014 年 3 月 7 日

213

① 冽风,寒风。宋玉《高唐赋》云:"紬大弦而雅声流,冽风过而增悲哀。"煦风,和风,暖风。郭小川《伊犁河》诗:"两岸煦风,一川好意。"

七绝一首

八大山人画意

独立枯荷对晚晖，四涯弥望尽菰薇。
夏来听惯蜻蜓语，只眼枭睁觑蛱飞。

2014 年 4 月 24 日

七绝一首
暮春纪事

滚滚乌云掩碧空，天声乍动见长虹。
偏它芍药不殚雨，昨夜新开几朵红。

2014 年 5 月 3 日

七绝一首
赠内

　　吾妻晚年学画，颇有所得，尤其所画梅兰二花，勃然有生趣。为之成诗一首相赠。

梅意兰情两盎然，一花一叶总翩翩。
何时再写窗前竹，劲节虚心到九天。

2014 年 7 月 28 日

七绝一首

赠友

卉韵花情两焕然，红吟绿诵出天天。
风心雅意随缘是，形在人寰志在仙。

2014 年 8 月 4 日

七绝一首

读《史记·侠客列传》

三尺霜锋立废墀，眦睚必报也堪噫。
纵然不与兴亡事，五步尸横姓已奇。

2014 年 8 月 9 日

七绝一首

读罗隐《荆巫》①戏笔

漫笑荆巫枉自夸，土神淫祀也名家。

一朝欲重天难佑，庙废灰寒哭树鸦。

2014年8月9日

① 罗隐《荆巫》原文：楚、荆人淫祀者旧矣。有巫颇闻於乡闾，其初为人祀也，筵席寻常，歌迎舞将，祈疾者健起，祈岁者丰穰。其後为人祀也，羊猪鲜肥，清酤满巵，祈疾得死，祈岁得饥。里人忿焉，而思之未得。适有言者曰："吾昔游其家也，其家无甚累。故为人祀，诚必馨乎中，而福亦应乎外，其胙必散之。其後男女蕃息焉，衣食广大焉。故为人祀，诚不得馨于中，而神亦不歆乎外，其胙且入其家。是人非前圣而後愚，盖牵于心而不暇及人耳。"以一巫用心尚尔，况异於是者乎？

220

七绝一首

重读《日瓦戈医生》有感

生死何能定败成，一声堪敌万声鸣。
斯人殁去音犹在，永对堂皇说血程。

2014 年 8 月 10 日

七绝六首

阿城心绪

甲午初秋访问阿城金上京故城遗址之作也。

上京皇城遗址①

八百余年旧上京，葵荆满野杂狐茔。
平生何处伤怀地，诉与弦筝亦泪倾。

松花江太阳岛

混同滚滚旧年波，持梃千夫一夜过。
大胜宁江新世起，遗民百代颂雄峨②。

松峰山安出虎水③

肇兴大业自松峰，王气千秋尚满冲。
阿什河边天赐地，旌旗一举便升龙。

金太祖宁神殿

荷梃称兵为北珠④，出河一战竟摧枯⑤。
扫平辽帐当无虑，先发偏师取五都⑥。

金太祖初葬陵⑦

永陵寂寞余青草，满苑时花雨后荣。
珠泪摇摇拈不得，一枝一叶思先灵。

阿什河晚眺

金源河畔晚风鸣，应是当年未了情。
西岭萤群东淖月，一般《乌布》一般声⑧。

2014 年 8 月 5 日至 10 日

① 金上京会宁府遗址位于黑龙江省哈尔滨市阿城区城南 2 公里。金上京南
北二城现有城门遗址 28 处，其中北城北垣 1 门，东垣 1 门，西垣 1 门，腰垣
2 门，南城南垣 2 门，属全国重点文物保护单位。
② 混同江，即今松花江。1114 年 9 月，为反抗辽人压迫，金太祖完颜阿骨打
率女真诸部 2500 人起事，没有铁器，每人一根木棍，一夜渡过混同江，进攻
宁江州，得大胜，就此开始了灭亡辽国的历程。
③ 松峰山位于阿城市松峰山镇东南 3 公里，是张广才岭余脉中一个独立山
峰。因其峰形似双乳，又临阿什河上游的支流，金代称为金源乳峰。安出虎

223

水即今黑龙江哈尔滨市东南阿什河。女真语"按出虎"是"金"的意思,相传其水产金,故名。女真部族世居此山此水,故以金为国号,又称大金升龙之地。

④ 北珠的采珠史可追溯至后汉,几乎和《后汉书》上所载的"合浦珠还"同一时间。早在三国时期,人们即知美珠多出于夫余国,夫余国即东北。辽时小国铁离曾用珍珠、貂皮等物品和辽国易货贸易。此后的渤海国,也以珍珠向汉室朝贡。到北宋神宗熙宁年间,"朝贵已重尚之,谓之北珠"。据《梵天庐丛录》记载:"牡丹江上游,宁安城南,其余巨流中皆有之"。北珠颗粒硕大,颜色鹅黄,鲜丽圆润,晶莹夺目,"实远胜岭南北海之产物",因而备受北宋皇室赏爱,在宋辽贸易中占有很大份额。辽人于是勒索女真人贡北珠,这是金太祖完颜阿骨打率女真人起而反辽的直接原因之一。

⑤ 出河店之战是女真建国前与辽的一次战争。辽天祚帝天庆四年(1114年),女真部首领完颜阿骨打起兵反辽,同年十月,攻克宁江州。辽天祚帝命都统萧嗣先、副都统萧挞不也统兵7000进攻女真,集结于鸭子河北。十一月,阿骨打率3700甲士迎敌,乘大风骤起,尘埃蔽天,纵兵进击,大败辽兵,追辽军于斡论泺,斩俘辽兵及缴获车马、武器、珍玩不计其数。出河店大捷,使女真军实力更强,军威更盛,为以后大金国的建立创造了先决条件。

⑥ 五都,即辽五京之上京临潢府(今赤峰市林东镇)、东京辽阳府(今辽宁省辽阳市)、南京析津府(今北京市)、中京大定府(今内蒙古宁城县)、西京大同府(今山西省大同市)。

⑦ 金太祖完颜阿骨打的初葬陵位于黑龙江省阿城市南郊,东距金上京会宁府遗址约300米,当地俗称"斩将台"。金天会元年(1123年)八月金太祖伐辽途中病逝,葬于金上京宫城之西南,并在陵上建有宁神殿,又称太祖庙,占地近千平方米。现为黑龙江省文物保护单位。

⑧ 《乌布》,即《乌布西奔妈妈》,女真人传流下来的著名萨史诗和古歌。

七绝五首

初冬心绪

甲午初冬，依旧有霾无雪，且无风，有不快之意存焉，欲自释，成
诗五首。

一

数日霾深待雪飞，小园残叶再霑衣。
还疑塞北霜林重，不令长风过帝畿。

二

岁晚山山见叶空，无风晨落也千泷。
极眸寒杪星星在，一绿赢它一涧红。

三

飘落青黄剩远扬，骈柯横杂薄新霜。
繁华梦去枯颜暗，片瘌层瘢处处伤。

225

四

一望云峰野路斜，枯林裸水出山家。
恼它晚菊凌霜染，乱点天边几处涯。

五

冬来消息满人烟，再见沧桑一度迁。
纵是无情还畏醒，潇潇听去转凄然。

2014 年 11 月 22 日

七绝一首

贺《啄木鸟》杂志三十周年

受李国强君邀，为《啄木鸟》杂志创刊三十周年题字，成诗一首并书之。

卅年啄木用丁丁，长立文山领正声。

他日更听鹏翼劲，华章浩气满云程。

2014 年 12 月 5 日

七绝二首

为《神箭》杂志三十周年写诗
遥想昔年现场目睹东风某型导弹发射有怀

一

岁岁如椽赋箭程，兵心诗意两峥嵘。

卅年书就《登天纪》，铁马秋风到月明。

二

狂飙一起上深霄，如火诗情贯广迢。

霹雳声开羊角动，鹏程九万看扶摇。

2014 年 12 月 10 日

七绝一首

乙未春日给窗前杏君

陋室窗外有红杏，十年相邻，亦老友也。近岁多有因霾重而至春不华者，曾为之歌诗痛哭。今年春来多晴朗之日，竟于昨日一夜间绽蕾欲放，而所在小园僻冷，杏君宁为春明景和天复归于蓝而感激涕零欣欣然思有所报者欤？为之诗。

小园新染二分春，欲辨霾情问杏亲。
乙未年佳天净好，鲜妍夜绽万重身！

2015 年 3 月 23 日

七绝十一首
乙未仲春踏青寻花口占

　　乙未仲春，工作仍然繁冗，然心闲，多有遨游，断续成踏青寻花诗十一首。

一

初解春风日日香，乱飞繁锦入诗囊。
前村后水晴正好，漫踏缤纷扮李郎①。

二

春光无处不飞花，宁许桃源在日涯。
因遇落红成急雨，竟随流水到山家。

三

桃英李蕊万丛新，一寸华光一寸身。
冬夏秋时如不季，今生即是百年春。

四

君问春期柳已阴，桃红杏白满芳林，
燕南蓟北冰寒久，一夜东风绿染襟。

五

春雨无情又有情，潇潇淅淅过三更。
晨来红染林园绛，落蕚层层乱柳樱。

六

无声春雨润遥天，万类欣欣一夕妍。
芳草落红晨圃路，悼花骚客几人先？

七

春风一度一销魂，竞放芳菲乱入门。
尽有鸦林寒墨色，依然香气满乾坤。

八

权措春心驻晚晴，新樱大放海棠荣。

谁家吹笛《东风醉》②，漫倚书窗到月明。

九

洒蕊飘花怨雨风，纷纷三日落残红。
也知绿重青桃满，无奈春心伴水东。

十

寒霖初过海棠开，杏陨桃飞旧苑台。
燕燕不谙红落重，啁啾衔得紫泥来。

十一

情牵春水看菱芽，云白天青乱落花。
渔父早知沧浪好，一声欸乃入蒹葭。

2015 年 3 月 30 日至 4 月 4 日

① 李郎,即唐代诗人李贺。史传李贺出行常背一诗囊,得句便书之投进去。
② 《东风醉》,曲牌名,即《沉醉东风》。

七绝一首
乙未春游纪趣

　　某日，又春游，至某寺，见寺僧与众妇人谈因果，欲与论《华严经》。僧勃然变色，高声言它事离去。此亦平常事也，成诗一首。

　　　　乍起豪兴走旷清，芒鞋荆杖历荒城。
　　　　山僧论道唯因果，欲辩华严转戾声。

　　　　　　　　　　　　　　　　2015 年 4 月 4 日

233

七绝一首
给五月杏树

　　五月，窗外杏树又果实累累矣。且连月大晴，霾虽未尽去，然多日不一见，何乐如之。成诗一首。

　　　　一春心事总难夸，又见朱明映影斜。
　　　　谁识书窗痴望眼，又吟硕硕作新花。

2015 年 6 月 5 日

七绝一首
夜回战场成短诗一首寄友

近年来时有回战场之梦，昨梦再有。想此战已 36 年矣，牺牲者墓木已拱，存者渐至暮年，有感慨焉，成诗一首以寄友。

夏风夜过竹篁间，长梦征轮越险关。
卅六年前烽火路，青春谁共渡边山？

2015 年 5 月 28 日

235

七绝一首
京城连日大晴

北京连日大晴，碧空如洗，白云轻悬，如臻仙境，网上网下一片惊呼，称作"高原蓝"。为之记。

燕地新闻胜旧闻，霾尘不盛盛清氛。
长天一洗归深碧，无限惊欣到白云。

2015 年 6 月 13 日

七绝一首
世相之一

　　八股文章者，天下大害也，然亦不能遽去。且日有以此类文章名世者，此世相之一也，为之诗。

　　　　八股文章谁解痴，经年负笈问东篱。
　　　　堪惊泰斗盈村社，危坐堂皇斥远疑。

　　　　　　　　　　　　　　　　2015 年 6 月 21 日

237

七绝一首
品鉴岭南之吃货口号

乙未盛夏，游岭南，各种时令鲜果大熟，朵颐大快，为之口号。

黄弹①酸甜芒果甘，荔枝颗颗玉珠含。
遍行中国八千邑，好味依然在岭南。

2015 年 6 月 29 日

① 黄弹，即黄皮果，又名黄枇、黄弹子、王坛子。果色泽金黄、光洁耀目，根据
性味，可分甜、酸两个系统，有些品种甜酸适口、汁液丰富而具香味，是色、
香、味俱佳之果，可与荔枝并称。叶、根、皮及果核均供药用。民间谚语云：
"饥食荔枝，饱食黄皮"，说明黄皮亦可助消化。

七绝一首

仲夏偶至京西樱桃园
见果尽枝空绿叶蓁蓁自成景色有思口占

华实取尽满园空，老树千株自蓊葱。

篱外不听蜂蝶恣，立成伟岸待金风。

2015 年 7 月 8 日

239

七绝四首

乙未九月断章

一

百岁赢来一日闲，秋风又过待红山。
郊原散放浑不顾，乱学儿童哨鹊鹂。

二

解甲归来试褞袍，醩丘长卧也堪豪。
激湍焉识刘伶意，乱卷飞花笑永逃。

三

积年识得大荒宽，牛笛蒹葭野照滩。
砚外青山诗后路，一花一草是新欢。

四

西风残照意何如，公冶长听鸟语疏。
篱外功名唯菊酒，醒余事业可渔锄。

2015 年 9 月 12 日、13 日

七绝一首
梦回战场醒时有忆口占

曾引青锋出塞边，冰衣铁甲勒燕然。
当时死士宁难死，留做衰翁乐忘川。

2015 年 9 月 14 日

七绝三首
乙未冬末霾中有感

一

霾去霾来腊日中，清思不与旧年同。
辰兴方喜天青好，已报申初启警红。

二

当年长恨侈风砂，今日唯忧砂不夸。
万里狂吹裹粒过，青天一片出皇家。

三

燕京今日净无尘，昨报中霾似未真。
且喜天师多舛误，一汪冬碧作新春。

2015 年 12 月 28 日

七绝六首
试题凌霄花图

一

久从青岭伴长松，千尺潜龙上碧穹。
朱坠紫飞浑不顾，高心一片在云风。

二

天际真人①信有归，万丛千簇燃熹微。
海风海雨天之外，坐看苍茫上晓晖。

三

一线冲霄在远皋，嫣红姹紫入深翱。
功名岂是逸人事，身在云端品自高。

四

尘寰远去驻清虚，萝叶藤枝入广居。

草木也知高士愿，穷荒大野问耕渔。

五

凤鸟重生出火宫，凌霄直上激雷风。

长天一啸云喉破，万岭千山绽血红。

六

羞说红颜百样娇，溪桥不赴向重遥。

人间岂是无情处，一近风尘折我腰。

2016 年 2 月 27 日、29 日

---

①　古人有称凌霄花为天际真人者，故言。

词

采桑子一首
暮春心绪

鱼笺绢素多尘点，
搜遍遗编，
却近前贤，
夕月朝花春暮天。

闲情日日同深岫，
初望绵芊，
继望重岚，
芳草长亭云似烟。

2014 年 4 月 24 日

采桑子一首
杏花

伴君岁岁红颜重。
你也飘零，
我也飘零，
独对西园两倚亭。

繁华谢尽君何去，
今也东风，
明也东风，
听遍莺声残照中。

2014 年 4 月 24 日

鹊桥仙一首
敦煌

甲午年盛夏，与诸友游敦煌鸣沙山、月牙泉、莫高窟后作也。

鸣沙出海，
月牙入梦。
回望莫高何处。
烈风暑浪扫莲台，
更行过、驼铃旧路。

怨情似火，
娇眉若妒，
暗问飞天怎渡。
仙容月貌总暌离，
只赢得、凄清如故。

2014 年 7 月 8 日

青玉案一首
长篇小说《客家人》第一部开篇词

当年曾伴神仙住，
踏遍了、烟霞路。
满眼沧桑长倦顾。
对棋倾刻，
寒柸犹著，
陆海已渊皁。

宫商慢起听筝柱。
洞外人间已春暮。
落白流红无觅处。
休言前事，
开篇一语，
泪雨还如注。

2014 年 7 月 30 日

252

浣溪沙一首
阿城金源故地

甲午深秋访问黑龙江阿城金源故地时作也。

漠漠烟林一望虚。
田园禾秀掩村庐。
夕阳西下啭乌鸹。

依旧风光如画扇，
升龙建社有残垆。
山川满目泪沾觚。

2014 年 8 月 11 日

水调歌头一首
初秋

残暑犹然在，
晚气又初凉。
纵存丽日明月，
依旧是秋光。
姹紫嫣红忍在，
不尽西园开遍，
蕊艳瓣还香。
从此金风渐，
炎去夜星长。

黄花发，
潦水尽，
雁南翔。
陶吟宋句，
无奈泠露并严霜。
黄栌红枫飘尽，
一旦枯荷衰草，
举目尽寒荒。
几度雪飞白，
负笠钓冰江。

2014 年 8 月 16 日

254

凤凰台上忆吹萧一首

秋光

又是秋新。
黄花欲绽，
再盈陶圃苏巾。
水落青山瘦，
红叶如云。
老去频增雪鬓。
听韶岁，
似箭如尘。
轻辜负，
书生意气，
酾酒心魂。

纷纷。
况今已老，
何计绝前非，
披发逃秦。
又沅湘清冽，
照影如亲。
尽有寒霜冷露，

行吟处，
流水孤村。
凭谁问，
啼枭泣猿，
可碍词唇。

2014 年 8 月 16 日

山亭柳一首
秋思

天净花荣，
觉阑远筝停。
推梦枕，
步诗楹。
世外一声飘坠，
始惊炎去凉生。
举目前园苍翠，
依旧晴明。

恨韶光不孚人愿，
匆匆又起肃秋听。
西风渐，
雁南鸣。
纵有缠绵心事，
也随逝水流萍。
却顾池畔蒲苇，
还是青青。

2014 年 8 月 17 日

粉蝶儿一首

长篇小说《客家人》第一部卷尾词

久惯尘埃，
斜阳烟柳同处。
饮村醪，
漱流含黍。
几回看，
星坠月升朝还暮。
趁飞花，
填词拥弦歌舞。

东邻瓦舍，
书家总是多误。
说英雄，
又无归路。
整筝弦，
回唱女儿多情误。
且宽余，
听我酒醺重赋。

2014 年 8 月 17 日

蝶恋花一首
无题

意绪秋来将怎是。
漫拢闲情，
懒向诗窗字。
坠紫飘红长惯事。
西风渐紧星河替。

梦往兰亭图一醉。
曲水流觞，
还似当年誓。
山远云深焉可济。
怅然听得猿猱恣。

2014 年 8 月 19 日

读李贽《焚书·寄答耿大中丞》

病酒，读李贽，不惬意者累日。成词一首。

俗人谁解似仇狂。

弦断意还长。

老来已识儒林病。

守孤贞，

傲对冰霜。

可恨惊天深语，

一时说与尸囊。

遍观宇内痛无双，

谁共我平章。

从来正辩如天意，

高难诉，

况复铮刚。

垂死唯余枯眼，

枕边冷哂群荒。

2014 年 8 月 19 日

伴云来一首

旅思

曾倦尘寰，

心怀圹垠，

欲随高明居处。

行遍三山，

还扪天陛，

驾过真人前浦。

玉楼琼苑，

何处是、赤松津渡。

嗟恨年年岁岁，

坠紫落红无数。

而今少年老暮，

又初秋、栌飞枫蠹。

虽有陶花欲放，

怎堪凡圃。

盈目残山剩渚。

尽西风、吹晴舫栏雨。

又送孤鸿，

声声好苦。

2014 年 8 月 24 日

翠楼吟一首
秋吟

剩潦犹濡，
星霖偶降，
池荷冷清花语。
怜秋天万里，
粼粼入波随鸳御。
湖崖枫片，
渐淡出初红，
冲风思舞。
黄花举，
曲阑幽径，
似迎还拒。

又遇。
云岫浮岚，
半缕轻烟细。
只心孤旅。
虽金风送爽，
昊空碧晴无纤絮，
对匹雁孤鸿，

欢情难具。
凄凉句,
暗承遥笛,
一倾悲绪。

2014 年 8 月 29 日

春光好一首
秋情

秋叶重，

乱红鸣，

涧桥横。

无限苍山残照盈。

啭雏莺。

黄菊崖头开遍，

云流苇紫柏青。

松壁犹垂悬瀑急，

梦中听。

2014 年 8 月 30 日

暗香一首
中秋

月华千里，
照乱枝似荇。
暗香如醴。
也效东坡，
暂赴空庭步澄水。
此刻劳魂已醉。
听寂寂，
叶飘寒陛。
起横笛，
吹彻秋清，
依旧《眼儿媚》。

难寐。
望无际。
想阻河鹊群，
又成佳会。
泪飞似彗。
聆广乐遥慰凝睇，
况有人间鼓吹。

经岁岁，
蟾光仙桂。
料此夜，
云汉上，
一从月悴。

2014 年 8 月 25 日

感黄鹂一首
中秋忆

痛秋声，
是何情绪，
漫天索索丁丁。
晚岁再逢团团月，
一宵弦动丝鸣，
不堪卒听。

年年雁去南溟，
可恨鹏翎空举，
陶篱又绽黄英。
白发重、匆匆识天韶岁，
又逢新月，
并笙歌起，
残山剩水孤村野渡，
如银还复长明。
问狂筝，
铮铮几时可撄?

2014 年 9 月 9 日

朝中措一首
偶兴

天碧云远落残花。
长雁过蒹葭。
试问菊狂何处，
东篱一望无涯。

渭城台榭，
汴京歌舞，
都与官家。
独此野秋盛享，
谁同陶令争夸。

朝中措一首
月季

春来已绽百花乡，
态媚意尤长。
日日高心重瓣，
胜它梨白蔷黄。

仲秋月满，
万花褪尽，
唯我还芳。
不让枫红菊紫，
晚来独占晴光。

2014 年 10 月 12 日

茶瓶儿一首
秋深

岁深仍听山雨急。
问秋诉，
何时能寂。
霜重繁红疾。
一樽清洌，
雁过残峰立。

还钓空江朝日白，
孤影对人人心激。
长啸停回楫。
再听松语，
又与高风值。

2014 年 10 月 12 日

洞仙歌一首
晚秋快饮醉中有思

千红万紫，

乱叶闲庭院。

个里星星菊黄浅。

又凭栏，

遥目剩水残山。

浮云线，

一字轻烟若霰。

见流年似箭，

柳暗花明，

也有霜飙激霄汉。

正满目妖娆，

艳李娇桃，

风乍起，

繁华已乱。

问谁可凭天意长欢。

起舞动清歌，

好成《哨遍》。

2014 年 10 月 25 日

东风第一枝一首
秋叶引

病酒时分，
寒霜使降，
扬扬洒洒飘坠。
飞朱射紫鸣青，
不同晚春际会。
残年剩景，
金飔劲，
艳销香蜕。
落日远，
恋柳粘杨，
长说断鸿声碎。

消磨意，
一年又最。
听嘹唳，
万山共悴。
也思对菊吟陶，
又逢飔深泠霈。
凌危绝立，

倾绿蚁,

再成沉醉。

且癫狂,

共汝轻盈,

归卧柏苍松翠。

2014 年 10 月 27 日

过秦楼一首

茅台

2015 年 1 月 31 日再赴茅台镇参加电视剧《赤水河》关机仪式,此余第五次为该剧事赴茅台,饮醇酒。多年奔波,终见其成就之日不远,亦有思焉,成词一首。

众派波平,
重山云暗,
大野地空天闭。
冰凝叶杪,
雾锁巉岩,
赤水冻凌千里。
依旧渡驻江唇,
旗荡崖城,
残霞光坠。
又牂柯旧镇,
娄关烟火,
播州村市。

还屈指,
五次曾来,

历冬经暑，

也有众多成毁。

当时一诺，

酒醉书生，

竟忍积年劳悴。

谁解悲欢梦场，

家国恩仇，

谱从心旨。

看生歌旦舞，

一晌耽迷鼓吹。

2015 年 2 月 2 日

虞美人一首
乙未除夕

天清日暖佳时至，
柳软梅花肆。
桃苞杏蕾唤春风，
纵有残冰余霰也难工。

千门万户新符换，
嘉气盈人面。
一壶浊酒慰劳翁，
今日人生不恨水长东。

2015 年 2 月 18 日

锦堂春一首
乙未元日有怀

解冰梅颜，
柔风柳眼，
春近日暖天清。
又声声恭喜，
佳节还盟。
旧符昨桃争取尽，
海山长望新明。
况笙歌满耳，
人面桃花，
齐贺咸亨。

当年漫染鬓鸦，
并河阳妙态，
司马才情。
信黄金台上，
轻著高名。
凭谁望、天山万里，
筝柱下、仄仄平平。
倾浊醪、白发早星。
文章误了长卿。

2015 年 2 月 19 日农历乙未年元日

277

长相思慢一首

京城一冬无雪立春后乙末元旦
始见大雪不觉喜之至为赋春词一首

气暖穹清，
重寒才去，
春君展步初程。
东风最是，
巧手还裁，
阶前薄冻轻凌。
晚雪如琼。
爱天迷梨花，
玉琢神京。
海白山莹。
尽纷纷，
好个瑞声。

恨时光空流，
最难冰消，
少年鹏誓曾盟。
如今渐老，
陶圃林山，

也被春馨。
廉颇自问，
看春回，
狂心谁惊。
料鸡鸣更起，
舞赴春和，
长诉春情。

2015 年 2 月 21 日

乙未正月初五游园寻梅不遇
见桃李孕苞累累不禁起于春起翘盼之思

雪残寒嫩早春天，
庆新年，
逛名园。
寻寻觅觅，
不见腊梅鲜。
回首数枝桃杏蕾，
沉梦憨，
孕花繁。

年年如急待凭栏，
看遥山，
意潺湲。
东风何日，
吹彻塞边寒。
梨白棠红不胜恋。
杨柳岸，
和春鹉。

2015 年 2 月 24 日

高阳台一首
元宵

爆竹如雷，
烟花似霰，
良辰又是元宵。
清月浮空，
一天碧玉澄昭。
多情最痛佳时速，
挹东风，
已竟滔滔。
问残寒，
曾在春郊，
不在春郊。

崇楼玉宇风光易，
尽人间天上，
罕觅灯箫。
空有欢情，
难趋鱼舞龙潮。
将殷勤寄还桃李，
雪事穷，

可绽新娇。

看春君，

似在迢迢，

不在迢迢。

2015 年 3 月 8 日

采桑子二首
乙未晚秋再访乔家大院

2015年10月27日，长篇电视剧《乔家大院》开拍十周年之后，为《乔》剧第二部拍摄事，重访山西乔家大院民俗博物馆，流连旧苑，徘徊新馆，感慨系之。复与王正前馆长及一众老友饮醇酒，听旧曲，歌以记之，28日重校。

一

秋风万里寒霖细。
迟桂枝黄，
晚菊花香。
寻酒无端又晋阳。

繁华谢尽游人众。
已识沧桑，
复演声腔。
满苑笙歌说义商。

二

十年契阔三杯暖。
慢诉心肠，
回望台堂，
多少缠绵去又长。

晴楼雨榭风光在。
再谱宫商，
还述兴亡。
依旧悲欢入梦场。

2015 年 10 月 28 日

醉花阴一首
秋思

勘破三春辞一卷。
落日归鸣雁。
遍哂挽秋人，
复效前痴，
还作秋清怨。

无边烟雨丰林巇，
闲坐伤清旦。
一叶艳如金，
漫染兼毫，
欲写还长看。

2015 年 10 月 29 日

长相思慢一首
葫芦岛

六合寒凝，
阳轮光闭，
凌封万里渤溟。
冬风酷烈，
漫扫汤汤，
顿收浪啸涛鸣。
凛刃如兵。
瞥山低孤痕，
玉塑丛鲸。
海静波莹。
尽穷涯，
问断羽声。

有无穷思量，
欲屏还兴，
当时杏绽桃荣。
而今日日，
扃户听蛩，
枉负钟情。

江南柳色，
忆多回，
山春梅馨。
恐欢从梦起，
魂与莺归，
眸共花明。

2016 年 1 月 20 日

解语花一首
丙申新年将近戏作

梨苞万簇，
柳线千丝，
梅雪争娇绽。
永寒初暖。
芦芽显，
野水映天无限。
晴云正远。
又新岁，
阳轮重转。
倾绿蚁，
寒甸冰村，
望尽春光浅。

今日介怀莫遣。
竟平生襟抱，
心侣残简。
酒朋黄卷。
年年误，
晋隶宋楷秦篆。

痴情可谏。
人老也，
愧煞前猖。
问晏身，
能否从头，
归卧桃花岸。

2016 年 2 月 1 日

满江红一首
丙申新年将至有怀

残腊迎春，
晴风送、薄寒余绪。
佳时近，
盈盈喜气，
长临东土。
柳线李梢青乍吐，
桃苞杏蕾红将举。
归去来，
对一剪梅娇，
情难诉。

读旧卷，
思往遇。
平生误，
能谁语。
恨鸡鸣舞剑，
祖公空慕。
年少曾从沙漠战，
老来未共凌烟谱。

待春深，
又竹杖芒鞋，
云山去。

2016 年 2 月 2 日

庆春泽一首

再读李太白《春夜宴桃李园序》有感
因改其辞入词用寄一日之怀

天地光阴，

人间逆旅，

百年怎遣浮生。

欢日无多，

宁不夜烛莹行。

阳春召我归烟景，

有文章、大块长迎。

又芳楹，

兄弟天伦，

鼓瑟鸣笙。

康公谢惠樽前遍，

独吾人自愧，

难副贤名。

幽赏才兴，

论听已转高情。

开琼筵坐花飞盏，

醉蟾宫，

律比兰亭。
待歌成，
响彻云程，
敢逊前盟。

2016 年 2 月 5 日

后记

一，本集收录了《升虚邑诗存》出版后近五年来的最新诗作和词作。诗的部分，除一首七律因奉和诗友之作用其原韵而使用新韵外，其余古风类严守古风韵，律、绝皆严守平水韵，用旧律。词的部分严守《词林正韵》。谨就教于方家。

二，《升虚邑诗存》出版后，多有读者朋友问及升虚邑之意。某年月日，作者自卜居所，得升卦，有爻辞曰：升虚邑。此居与卦意合，亦与余意大合，于是命陋居为升虚之邑。

作者

2017 年 3 月 11 日

（京）新登字083号

图书在版编目（CIP）数据

升虚邑诗存续编/朱秀海著. —北京：中国青年出版社，2017.6
ISBN 978-7-5153-4757-8

Ⅰ.①升... Ⅱ.①朱... Ⅲ.①诗词—作品集—当代 Ⅳ.①I227
中国版本图书馆CIP数据核字（2017）第131106号

责任编辑 曾玉立
装帧设计 瞿中华

出版发行 中国青年出版社
社 址 北京东四十二条21号
邮政编码 100708
网 址 www.cyp.com.cn
编 辑 部 (010)57350402
门 市 部 (010)57350370
印 刷 北京科信印刷有限公司
经 销 新华书店
规 格 700×1000 1/16
印 张 19.5
字 数 210千字
版 次 2017年9月北京第1版
印 次 2017年9月北京第1次印刷
定 价 68.00元